傷兵不在街頭

目次

推薦序

創傷，作為一個入口

楊翠（作家）

三一八運動十週年，世界彷彿有些擾動，各種記憶的重現、重讀、重述、重構，紛紛鬧鬧。但在我看來，這其實也只是在廣幅的宇宙帷幕上激起一些塵埃而已。畢竟記憶很短，而遺忘很長。關鍵還是記憶的入口與方法。

創傷，是三一八運動十年來我一直懸在心上的，也是我記憶這場運動的主要入口。我記憶的不是這場運動的成功或失敗，不是左統右統左獨右獨的意識形態分化與分界，而是運動參與者在運動中、運動後，因為理想燃燒與理想落空，因為同志之間的分隔、猜疑、背叛，因為媒體的標籤化、汙名化、惡意扭曲，因為與家族長輩無止境的世代爭辯與思想衝突，因為對自我生命的航道、航向、航速，乃至於意義與價值的無限叩問，而持續與暗影共處的進行式。

我知道，創傷無時無處不在。

但因為我是運動青年的母親，過去無數次的經驗讓我體認到，當我談論社會運動與創傷記憶時，很容易被化約為「母親的焦慮」，被個人化、家庭化、性別角色化，而無法準確傳達我做為一個公共知識分子，向來關切台灣人精神史的各種斷面，不同世代台灣青年投入社會運動所共構的集體心靈圖層，以及個別行動主體的生命圖像。

因此，十年來，我絕少公開談論運動創傷。

三一八十週年前夕，我拿到《傷兵不在街頭》的初稿。《傷兵不在街頭》，書名做為整部書的提喻，立刻震撼了我。兩位作者以一整本書，從創傷的視角，回望二十一世紀前兩個十年投入各種社會運動的青年，深描他們的生命臉容與精神紋理。他們拒絕主流輿論的各種變形鏡頭，甚至也拋開「社運理想」的美肌濾鏡，溫柔撫觸創傷主體，他們從而看見，傷兵不在街頭，傷兵在生活中，在吃飯、睡覺、讀書、行走、做愛、發呆中。傷兵，在每個日常生活裡，痛楚銘刻心房，鐫入骨膜。

《傷兵不在街頭》的結構形式，反映了兩位作者的溫柔與犀利，也讓這本書難以歸類。全書主要包含兩部分，前篇是故事文本（虛構小說或口述訪談），後篇是諮商心理師的解剖分析。兩部分由兩位不同作者撰寫。從小說看，是虛構故事；從口述訪談看，是非虛構史事，而無論虛構或真實，都是心理師近距離閱讀與剖析的故事文本。如此看來，兩篇之間的關係，猶如一場臨床諮商現場實錄，創傷主體敘說自己的故事，而心理師為他指認創傷的痛源、態樣，以及創傷與主體的關係，從而為療癒引路。

然而，從分篇形式可以看出兩位作者有更大企圖，他們想透過一部小說，一本臨床筆記，以嚴謹的學術方法與邏輯推演，從個別創傷主體的生命文本，擴延為集體創傷敘事文本，為社會建構一本關於社會運動的「創傷與療癒手冊」，一處永不熄燈的諮商與療癒之門。從〈零與一之間〉起定義創傷，到最後折返〈一與零之間〉走上復原的道路，中間分別叩問「為政治理念付出生命」的意義，以及它對身邊人所激起的能量與創痛；指出「創傷敘事」的重要性，必須「描寫創傷，而非遺忘」；演示幾個不同的〈發聲練習〉，讓幾位歷史行為主體各自表述創傷，指陳創傷的差異態樣；最後，以〈白天與黑夜〉，談論在真正療癒前會經歷哪些創痛，以及可能如何修復。

客觀的心理師也是創傷主體，讓創傷更從「個體經驗」跨向複數的「集體經驗」，也讓這部「小說」顯得更複雜，它是小說，是口述歷史，是田野筆記，是諮商筆記，是創傷與療癒理論的操演手冊，也是心理分析師的自我對話與社會對話。所以，這本書著實難以歸類，以這種手法架構一本「小說」，在我目前的閱讀經驗中，極少見到。然而，它是成功的。

最顯而易見的成功，是兩位作者：小說作者與心理師以虛實交織與雙聲互涉的手法，拉開廣幅而深邃的對話空間，當這個手法緊扣「社會運動」與「創傷與療癒」這個核心主題時，這個對話空間別具意義，讀者彷彿聆聽與見證了一場又一場的創傷敘事與臨床諮商，有時，讀者也替置了創傷主體，成為那個正被臨床諮商的創傷者，更有時，讀者替置了心理師，成為文本主角（自己）的諮商者。

這種替置，就是社會對話的開啟，也是相互走近與聆聽的關鍵時刻，更是自我對話，指認創傷與自己的關係，走向療癒的第一步。

運動過後，浪潮彷彿靜斂，生活還給日常，但創傷此時開始從細胞裡長出肉芽，在呼吸裡混入塵顬，如此積疊十年，啞口十年。因為創傷的遞延性，等了十年，我們才有《傷兵不在街頭》。

書名《傷兵不在街頭》，確實非常傳神，它體現了時間的遞延性，街頭之後，無時不在，這正好是「創傷遞延性」的精準註腳；也展現空間的蔓延性，街頭之外，無處不在，運動遍地開花，創傷也遍處滋生。創傷在〈零與一之間〉裡父親的上鎖房間，在主角的祕密遊戲裡；或者在〈剎那與永恆〉裡燒炭死去的大林與沒死去的「大林們」的反覆日常中；在〈鸚鵡，鸚鵡〉那齣痛苦的「十一個面具」的戲劇排練日常，以及主角所沉溺的睡眠夢境中；當然也在〈發聲練習〉中的行南理事長、反課綱青年、台語文社青年的遺憾與叩問中。

開口說話，重述故事，如文中所說，「重寫對白、重寫敘事、重寫情節，重新為電影下詮釋。」然後，主體才能找到與創傷協商共處的路徑與方法。

這部書最有意思的地方，是提出「社會運動作為一種療癒」，以此詮釋創傷的修復路徑。讀者會納悶，社會運動不是創傷的來源嗎？青年們不是因為參與社會運動，因而看清這個世界的黑暗，體驗了當權者的暴力，認知了自己的無力，見證了同志的肉身正道，以及理想的幻滅、同志的背叛，因而被創傷深植嗎？為何「社會運動作為一種療癒」？

我認為，「社會運動作為一種療癒」正是《傷兵不在街頭》的「詩眼」。

青年投身社會運動，是因為他們看見各種不公與不義，看見創傷的社會，而社會運動正是一種「開口說話」，是治癒創傷社會的路徑與方法。我們必須擺脫沉默，克服喑啞，練習發聲，這是社會療癒的第一步。

「社會運動作為一種療癒」的路徑，漫長曲折詭譎，不會立刻天光清明，行動的當下，追光的路上，暗影也會隨行，因為啟蒙不可逆，啟蒙後就無法假裝看不見，「必然會為生命帶來晃動與不適感」。

為了治癒創傷社會而投入社會運動，啟蒙青年身負創痛。但正如書中所說：「看到光下事物的影子，領悟了光和影的道理。」通過這個領悟，我們知道如何看待光與影，零與一，知道如何打開內視的那一雙眼睛，讓創傷作為記憶與療癒的入口。

影子不會單獨存在，它的附近必有光。

推薦序

你為何要記得所有的事情？讀《傷兵不在街頭》

盧郁佳（作家）

周美玲電影《刺青》中，色情視訊少女找上女刺青師，要求刺上跟她一樣的彼岸花圖案定情：「我想要證明愛情的記憶，所以我要刺青。」

刺青師問：「你為何要記得所有的事情？」

當然不是她要記得所有的事情，而是向刺青師討愛，以麻醉被拋棄的傷痛。刺青師自己也有虧欠家人的內疚傷痛，寧願遺忘，所以敏感把「記得一件事」放大為「所有事」，驚恐抗拒。一個討債，一個躲債，於是兩人溝通只能在雞同鴨講中顛簸，進一步退三步。

一件事等於所有事。像刺青師這樣心懷祕密的人，只要洩露一件無關緊要的事，在她看來也就等於曝光所有事。羞恥不願被人見到的，全給看個精光。自恨嚴密防守，渴望袒露一切。不能說，必須說、不得不說。

兩股力量拉鋸，洩漏的隻字片語，就是觀眾得到的全部了。

●

《傷兵不在街頭》結合了作家林于玄的小說、「發聲練習」系列採訪三位學運青年的紀實訪談，陳湘妤心理師解說創傷異常現象的科普報導。陳湘妤分篇臨床解說創傷相關的症狀，如麻木反應、過度喚起等，舉例清晰易懂，關懷深摯。也在「發聲練習」中現身，回憶十七歲時踏入反服貿學運，一路走來的心理學實踐，善意呼籲社會同理創傷的失語難解，誠懇感人。

「發聲練習」系列平易近人而充滿深度。受訪者真誠自剖，家庭的思想養成背景，受教，觀察，反思，批判性思考獲得的尖銳見解，在反服貿運動中的轉折，升學選系有就業考量或投身政治，懷抱冷靜與熱情娓娓道來，性格風貌栩栩如生。

林于玄的四篇小說，則從可供討論的公共議題，進入禁止討論的私領域深水區。因而戲劇化晦澀、以個人化加密，並非以小說逐步用線索釘牢防颱帆布的方式布局映射颱風全貌；而是以詩的結構、排句，全力鋪排氣氛，最好帆布能颺多遠就多遠。謎面高懸，片段割裂，性愛儀式重覆，讀者若想拼湊出整個故事，把敘事邏輯看個清楚，那跑斷了腿也是白搭。「發聲練習」中真人現身自述的形象鮮明、情節合理，都是這些小說極力避免的。單從遣詞用字中領略小說敘述者的立場態度，已經足夠。

●

許多人寫詩時是察言觀色，辨別風向，隨風而舞，迎風揮灑。表演追求將舞臺動作做到最大，就是詩的完成。寫小說也要求大眾讀者小心翼翼察言觀色，仍矛盾反覆，捉摸不定。讀者虛耗的心力，就是小說的完成。因為讀者越皓首窮經從小說中撈攫隻字片語去鑽研真意，就要放棄越多其他對自己重要的事情不去做。小說沒有出口，所要的就是讀者無止境的獻祭心力。就如同民主化運動的百年進程中，政治經常像是身世悲慘又舌燦蓮花的渣男渣女，先是扮被遺棄的小奶狗狂舔救世主，用社會弱勢的痛苦，引誘熱血青年入彀。親密關係確立後，就扮霸總開虐，用抗爭被漠視或鎮壓的挫敗，來糾纏孤立獵物。青年放棄了機會，斷送了前途，還深覺有義務要割捨那些現實功利的自私考量。為了理想，無路可退，落入《「勿忘臺灣」落花夢》一生付出終究無言以對的惘然失落。親情、友情、愛情、職場等方面的有毒關係，也是這樣重蹈覆轍。不是「善行義舉不該去做」，而是自我剝削也懂戴著善行義舉的面具來。

這些沉沒成本，若仍未教懂讀者為自己負責，看眼前的同時也要著眼後果，衡量取捨停損；那麼，生命中遇到的其他人，也會接手繼續教。

治療師無法給個案自己沒有的東西，讀者也無法從小說中獲取自己原先沒有的東西。本書小說所選擇的少數讀者，會從小說中認出自己或他人慣有的思維。小說角色正值躁症時，如昆德拉的主角顧盼自豪，透過宏觀歐洲史、音樂、哲學大閱兵，自誇雄壯威武，自歎雄風無人可比。鬱症時，以黃碧雲的幽咽腔調，亂髮失神自憐，冤屈無人能比，淒苦無人能解，在社群中都是常態。小說敘事的關鍵空白，不用說，特定讀者已從自身經驗中提取，故事因此成立。

四篇遵循固定結構，第一幕是困境，第二幕是性愛，第三幕是轉念。這個小宇宙運行的法則是「世上沒有一場性愛解決不了的問題，如果有，就來兩場」，而這個問題通常是想要自殺。

讀者不需要知道每個角色為何想自殺，只需要知道，這個小宇宙運行的法則是「世上沒有一次自殺解決不了的問題，如果有，就來兩次」，而這個問題通常是討愛。

人們恐懼時會去追求恐懼的事物：害怕被虐就會追求ＳＭ。害怕自殺就會把自殺美化為終極反叛，一砲打垮敵人，自由解脫。害怕被拋棄，被伴侶告白時，內心就會先祕密分手，把對方貶為備胎。雖然不說就以為沒人知道，表情舉止卻背叛了當事人。每個選擇，伴侶看得一清二楚。

●

本書真在討論社運創傷嗎？人生無處不傷。由社運切入日常心理，林于玄百衲被拼接前人作品的互文藏鋒，陳湘妤冷靜懇切的分析建言，章章閃爍明麗的啟發火花，如刀尖剔開覺察。若問改革為什麼要社運分子用痛苦去交換，為什麼社運分子沒得到改革最大利益，不如問為什麼以為痛苦可換來覺察以外的東西。苦讀是學霸升學的通行證，但空汙病患卻無法拿癌症兌獎金。群眾的痛苦不會變現，痛苦變現是萬分之一菁英的特權，政治偶像練習生苦熬成明星的中獎率更低。但指望「吃得苦中苦，方為人上人」痛苦可以變現，就是把自己工具化的理由。我無法想像不吃服從紅利的人生是什麼。也許我可以奢想，痛苦能換到這種想像力。

回到電影《刺青》，片中，色情視訊少女問：「人為什麼要刺青呢？它算是穿衣服呢……還是裸露？」透露它既是穿衣服和謊言，也同時是裸露和真話。讀者若知道角色在撒謊，真話就在反面，那麼本書的經驗已經無價。

前篇
傷兵不在街頭

零與一之間

零

二〇二〇年十月十九日，a誕生於一句話，一個情境：

「如果可以，回到二〇一九年九月十五日以前，啟蒙未曾降臨。」

那兩天都不是什麼特別的日子，即使未來有人想認識認識一下臺灣的歷史，也必然會漏掉那兩天。所謂歷史，是被篩選的，現在我意欲書寫的頂多是歷史的殘餘。a在這裡出生，亦將在這裡死亡。

我的朋友，吳，她就不這樣看歷史。她會說：「不論活在哪個時代，我們都站在一個叫歷史的巨人肩膀上，見證正在發生的一切。」

我不十分同意，假如我們都「站在巨人的肩膀上」，豈不是哪裡也到不了？

二〇一八年暑假，吳去北京電通實習。傳來的照片裡，她站在天安門前，黑頭髮、黑墨鏡、黑衣服、黑皮包、黑褲子，右手垂下，左手比中指。背後是毛澤東像和「中华人民共和国万岁／世界人民大团结万岁」字是白的，邊是白的，底是紅的。暗暗的紅。

吳飛到北京，只因一個意念：親眼所見，親眼所聞。

否則，世界這麼大，偏偏去一個最討厭的地方？

路人幫吳拍照時說：「其實，拍天安門廣場，一半以上都係天空。」

照片裡，天空在上，人在下，「中华人民共和国万岁」在左，「世界人民大团结万岁」在右，中間的中間，是毛澤東像。

——其實，拍天安門廣場，一半以上都係天空有咩用呢？

——天安門，就係一幅巨人的肖像。

天安門，就係一幅肖像。孫中山之後，蔣介石，蔣介石之後，毛澤東，毛澤東之後，史達林，史達林之後，毛澤東，毛澤東之後，毛澤東。

毛主席，高六米，寬四點六米，重一點五噸。等同於，一隻長頸鹿懸掛天安門城牆上。抱起來，需要一輛重型吊車。

天安門必定是地球上重力最大的地方。七十三年，毛澤東一點也沒有老。一點也沒有老，是不是也等同於，老得不再會老。北京和毛澤東，老得不再會老，活了好久好久。

吳說，在北京六十餘天，她每日就是上班、下班，下班的時候騎腳踏車，經過一座橋，都要停好久。小河，川流不息，她想——要不就跳下去吧。

——如果沒有，搭上飛機。

——如果可以，回到二〇一八年七月一日以前。啟蒙未曾降臨。

我跟吳能否活過三十？原來生命，不斷倒數。

生命不斷倒數，日子好似都沒有長進。

當我沉入水裡，我拋棄我的眼、我的耳、我的鼻、我的嘴、我的身、我的所有，安安靜靜，唯有飄浮。這十五秒內我就是自由的。

這十五秒內，沒有力量，沒有身體，沒有我，自然也沒有歷史，沒有啟蒙。那樣自由。

卻渴望呼吸。起身的時候磨出傷口。

然而，當我站在吳的面前，看進她的眼睛。

她的眼睛裡有我的眼、我的耳、我的嘴、我的身、我的所有。

我的鼻。

那樣小，近乎沒有。

近乎，自由。

二〇二〇年十月十九日，我站在吳的面前。

我們說：「如果可以，啟蒙未曾降臨。」

二〇二〇年十月十九日，a 誕生。

之間

這天晚上，父親走向 a，說：「手機壞了，接不到電話，妳看一下。」

a 接過手機，在右側找到電源鍵，按下，螢幕亮起。她思忖幾秒後下滑拉出選單，按下按鈕，關閉飛航模式。前後不到十秒，然而當她抬起頭，父親已逕自走回房間，喇叭鎖發出清脆的彈簧聲。

隨後，她打開父親的 Line，仔細瀏覽每一個對話框。「這是我唯一可以瞭解我爸的機會。」她心想。

「你最近好少來店裡——」Lisa 說。頭貼裡頭，看不到 Lisa 的臉，只有一對 E 罩杯的渾圓胸部，深 V 緊身上衣深 V 乳溝。她看見父親回覆「沒錢啊發薪水再去找妳」試著想像這位或許是按摩店小姐的 Lisa 收到訊息時的表情，突然覺得有些丟臉。

下一秒，她告訴自己——我爸也是一個男人，他也有生理需求。他出獄後回到沒有了妻子，只有不知道怎麼跟他相處的女兒，和對他失望透頂的雙親、一個早已習慣沒有他的家。那可能是他少數快樂的時候。這很正常。

她點回手機的主畫面，走到父親房門前，輕敲兩下，輕聲說：「爸，好了。」喇叭鎖再次發出彈簧聲——其實她一直都想要一個，能夠上鎖的房間——門打開時，兩人眼神交會隨即錯開。

她伸出手機、拉出選單，「這個是飛航模式，關掉才能接電話跟傳訊息。」

「好。」她父親接過手機，「謝謝。」

「嗯。」她往後退順勢帶上房門，走回客廳時，看見阿嬤坐在沙發上，正要打開電視。

「你去共恁爸講，較緊——」「我出門一下。」

「離離欸才會使領單親補助。」阿嬤說，「你有聽著無！」

「好啦！」鐵門發出撞擊聲。

走進便利商店，她面無表情地說：「一包Mars哈密瓜一個打火機。」

店員看她一眼，「有帶身分證嗎？」

她做出翻找錢包的動作，邊找邊說：「好像……忘了帶欸……」接著面帶笑意地看向店員，「你真的覺得我還沒滿十八喔！」

隨後，感應門應聲開啟，她走到街邊，撕開菸盒塑膠膜，抽出菸叼在嘴上。伸進牛仔褲口袋拿打火機。點火。

生命就在呼與吸之間。她抽菸，感覺生命尚未離開。

吐出第一口菸後，她點開交友軟體。

系統訊息：找個人聊天……

系統訊息：加密連線完成，開始聊天囉！

對話總是差不多，「男」、「女」、「嗨」、「哈囉」、「在幹嘛」、「沒幹嘛」、「聊色嗎」、「你多高多重」、「哇是小隻馬欸」、「上一次做愛什麼時候」。

平時在學校，一群女高中生圍繞一臺手機，對著傳來的訊息發出驚嘆、此起彼落地討論該怎麼回覆時，總有著集體幹壞事的刺激和快樂，然而現在重複十幾次後她就覺得厭煩，躊躇一陣後，她點進「使用密語」模式。

系統訊息：請輸入密語。

下方是幾個系統預設的選項，她在「練英文」、「臺北」、「Gay」、「成人模式」中選擇了「成人模式」。

不到一秒，對面傳來訊息。

男S找女M

終於有趣些了，她想。

每天早上，七點五分到十分之間，男人會傳來一則「主人的指令」。

一個月下來，她解鎖了不少「成就」，比如：在空無一人的巷子掀起上衣、自慰直到陰蒂高潮、一邊揉捏乳頭一邊賞自己巴掌、不穿內衣一整天、夾著乳夾念書一小時……這也是她第一次知道，原來自己的身體這麼好玩。

這天，鬧鐘在早上六點五十分響起，傳來老王樂隊的那首〈穩定生活多美好 三年五年高普考〉。

「孩子們背著沉重的背包。」她睜開眼，再次閉上。

「教室裡收不到自由的信號。」她轉過身拉上棉被。

「前方路一條 認真讀書繼續考。」她終於起身，按掉鬧鐘，坐在床上手捂著臉。直到手機傳來通知聲，她才睜開眼，迅速打開手機。

今天沒有體育課對吧？不准穿內褲出門。

到學校後去廁所拍一張照片，用短網址傳給我。

是的，主人。

坐在前往學校的機車後座上，她看著轉瞬而過的行人車流建築樹木，感受風吹過雙腿傳來的濕潤與清涼，並小心地壓住時時揚起的百褶裙。她將這視為她和他共謀的祕密遊戲，其他人無從知曉無從進入，和喇叭鎖的清脆彈簧聲一樣美妙。當她謹慎而輕巧地跨下機車，走過校門口的教官、人群、銅像，走過深長的穿堂和走廊，此起彼落的腳步聲對話聲笑聲風聲，越緊張就越濕潤越清涼越燥熱，直到廁所門「咚」地關上。

坐在陶瓷馬桶上，她掀起百褶裙，張開白嫩的雙腿，露出修剪整齊的陰毛，一手撥開溼滑的陰唇，一手拿起手機找到最誘人的光線及構圖，套上濾鏡，上傳，通關密語「主人的小騷貓❤」，傳送。

八點半，國文老師念道：「仲尼曰：『始作俑者，其無後乎！』」

「始作俑者製作『人俑』殉葬，讓真人免於陪葬，有人知道為什麼孔子仍然要罵始作俑者嗎？」

臺下靜默。她的手機發出震動聲。

很好，妳做得很好啊。

唔 謝謝主人♥

她抬頭，看見同學間眼神交會，將手機塞回抽屜，舉起手：「因為製作人俑殉葬，仍然是認同了『人』是可以用來陪葬的。」

老師點了點頭：「不錯。學期總成績加一分。」幾位同學轉過身看她。她低頭看課本。

下課鐘響，老師叫住她，遞回前天班上交的閱讀心得：「幫我發還給大家。」語畢，老師停頓了幾秒：「我辦公室有幾本小說，妳來看看，有興趣的話可以借走。」

「好，謝謝老師！我中午午休過去方便嗎？」她說。

回到家後，她坐在書桌前，閉上眼，伸進制服釦與釦的空隙間，撫過因別上乳夾而充血的乳頭——父的上鎖房間，我的祕密遊戲，如此平衡。她心想。

躲進去啊躲進去，閉上眼啊閉上眼，如同書桌上那隻遮住眼睛的石猴子。

閉上眼，黑暗就是她的密室。

睜開眼後，她用手指輕輕撫過書封，翻開。

幾分鐘後，她拍下書頁，上傳照片到「ＰＴＴ短網址」，並複製連結傳給男人。

你知道這裡是哪裡嗎？

誰允許你說你了？

對不起，主人。

主人知道這裡是哪裡嗎？

西門町、聚會、地下室哦……

應該是這裡吧。

男人回傳一段網址。

點進去後，出現一個斗大的藍色Freak字樣，噴漆一樣噴在有著泡沫和星光圖案的背景上，圖片上方寫著「《飛客日》FREAK DAY」。

她看著圖片默念——飛客日為在Commander D舉辦的BDSM玩樂派對……希望提供BDSM同好一個實體交友／安全交流的空間……歡迎各種性向、認同的禁羈人……在這裡可聊天、放鬆、認識同伴，以及見識、體驗。

小貓想去這裡。

主人可以陪小貓一起去嗎♥

週六中午，她對阿嬤謊稱要到圖書館念書，實則搭上前往臺北的客運。路途中她不時查看距離抵達還有多久，做了十幾次深呼吸，試圖說服自己——我有查過了。那裡是個公共場所，也有很多人第一次是自己去。沒事的不要緊張。

兩點半的西門町六號出口，她穿著白色連衣裙準時出現。

小貓到了，主人。

小貓穿白色連衣裙。

抬頭，她看見一個男人朝他揮手。

如同她先前知道的，男人長得清秀，髮型是三分頭，看起來大約二十三歲，身高一百八十公分上下，不胖不瘦的中等身材。也一如她所推測，他散發著穩重的氛圍——那是在男高中生身上難以見到的——正如男人的穿搭，素T、摺起整齊褲腳的牛仔褲、鞋頭潔白的帆布鞋，乾淨簡單且恰如其分。

「妳很緊張嗎？」他說。

「有一點。」

他遞出一個繫有金色鈴鐺的皮製項圈：「等一下進去後把項圈戴上。這意味的是，在那段時間內妳完全屬於我，同時——我也會保證妳的安全，好嗎？」

她點頭。

「還有，過程中想停止時，說出『紅燈』或者用手拍我三下。記住了嗎？」

「記住了。」

「好，走吧。」他說。

入場時間未到，門口已有排隊的人潮。這些人並未如她所想，個個面露凶光奇裝異服，反而像是隨處可見的路人，只有一兩人穿著女僕裝，然而也和街上偶爾會見到的女Coser毫無差異。

人潮開始向前移動，他握起她的手推開厚重的鐵製大門，兩人將背包放進門後的亮紅色鐵製置物櫃，走下階梯。沿途牆壁貼著許多男同志的海報、廣告單，盡頭透出暗紅燈光。

走入暗紅之中，她依稀看見桌上搖曳著燭光，遠方亮紅色的牆上有著X型木架，在X的上方兩端有著皮製手銬，右轉後，左方是調酒師在整面透著暗紅的酒櫃前調酒，而前方——身穿黑色亮面皮衣、黑色過膝長靴的繩手在男人裸露的身體間穿梭、結繩，移動間髮絲飄逸。最後，她將麻繩向上一拉，男人倏忽離地。

似獸。似神。

其後，事物如浪潮般湧動、失速。

她感覺暈眩。感覺從未如此遠離身體，卻又如此貼近。

「趴下。手握拳。像狗一樣。」他說。

她趴跪在地，雙手握拳，手背浮出青筋，鈴鐺發出陣陣聲響。疼痛時她感覺地面最細微的震動就不再痛。她抬頭，他變得那麼高，讓她覺得很好。

「主人。」她輕聲說，語氣顫抖。

他蹲下，眼神注視著她。

她張著嘴巴，遲疑，再次開口：「請主人，掐小貓脖子。」

男人手掌覆上項圈，貼緊她的頸脖，虎口向內緊縮。再緊縮。直到她緊閉雙眼，不再呼吸。從一數到十。這十秒，她什麼也不想，唯有等待。他鬆開手時，她感覺到生命。

「跪下。手舉高。」他說。

她的手，伸到空中，手心朝上。彷若有雪，緩緩落下，在手心融化。

他的手，伸到空中，緊握木拍，下墜得那樣迅速。

第一下是痛。第五下她就知道——痛楚也有變化。刺痛麻，而暖。倘若流淚，只會是喜悅。「請給我更多。」

「六。」「七。」「八九。」「十。」每一次拍擊，她都更加堅信她的手，不，是她的心，必然與木拍等重，而堅實。

「好痛。」第二十下，她放下手，以為不願意再痛。不痛時，卻感覺自己輕，近乎懸空。再輕一些，就會與手腳分離，任何變動都將帶她前往不復之境。

可她知曉痛楚，亦將知曉痛楚的反面——唯有懸空，可以對抗懸空。

她抬起頭：「主人，小貓想要……」

男人俯視著她。

「小貓想要……」

「想要什麼？說啊。你不說我怎麼會知道呢？」

「小貓想要……想要主人把小貓吊起來。」

上去後，她就更加確信——懸空者，必然知曉重。

——手臂、腰胯、大腿，或是與繩接觸的每處，都在對抗重力，都疼得發熱。

——其實看到他的第一秒，想到的就是：他可以使我痛。

——手卻這樣冷。

然而他輕輕擺弄繩，她就輕輕搖晃。

此刻她真的懸空。

原來懸空，這樣輕，這樣重。

手腳絕不會分離。

搖晃中，她想起倏忽離地的男人。似獸。似神。

——我們是痛楚之神。她想。

——我們知曉幾種痛楚，就知曉幾種痛楚的反面。

解開繩後，仍有繩痕。

繩痕那樣輕，沒有重量，卻有重的記憶。

然而六點，人潮散去。

她同他一起走出地下室。

推開大門，空氣這樣冷。

讓她再次感覺，自己很輕。幾乎要哭出來。

終於，在捷運站入口，她忍不住哭了出來。因為哭了出來，一聲接著一聲。她把自己縮成一團球，邊哭邊喊：「好丟臉。」「不要看我。」「好丟臉。」

他蹲下，沒有說任何話，只是注視著她。

此刻，所有聲音都變得異常遙遠而喧嘩，她想說點什麼，張開口卻又是哭聲。

眼角餘光中，她看見好幾雙腳走近又走遠，又把頭埋得更深，哭聲逐漸混雜著低吼與喊叫，幾乎要喘不過氣。

十幾分鐘後，哭聲逐漸淡去，淡到她說得出話那一刻，她說。
「我好久沒有，這麼快樂了。」
男人看著她，「嗯，你繼續說，我在聽。」
「我在卡繆的某本書裡讀過一句話，『有時候，悲傷會讓人別過頭去不想目睹幸福的景象。』如果你的生命總是充滿苦痛，你又怎麼會畏懼苦痛呢？」
「其實每天我都好想哭。可是其他人這麼快樂，我怎麼能哭泣呢？幸福不也是，會讓人不想目睹悲傷的景象？」
男人點了點頭。
「剛剛真的好痛好痛，現在也還是又痛又熱的。可是，可是當我說出痛時，就好像沒有那麼痛了。」
他沉默了一會，終於開口：「你還記得進去前我跟你說什麼嗎？」
她抬頭，看向他。
「想停止時說出『紅燈』或者用手拍三下。」他說，「這不是對我說，也是對你自己說的。這次記住了嗎？」
「記住了。」她說。
此刻——儘管他看不見——她感覺到自己正在發自內心地微笑著。

「好，走吧。」他說。

走進捷運閘門前，她轉身：「明天——」

「明天小貓也想收到指令，主人。」

「好，等我。」他說。

那天過後，每天早上，男人仍會傳來一則指令。

事情本該如此進行下去，父的上鎖房間，她的祕密遊戲。

無邊的黑，無邊的密室，她一人獨佔。

她在什麼都沒有的密室。她遊戲。

然而這天，密室卻出現四隻石猴。

四隻石猴，胸部、肚子、四肢都圓滾滾的，眼神卻非常靈巧，分別做出遮住眼睛、耳朵、嘴巴，以及把雙手擺在背後的動作，交錯坐在一顆光滑細膩的咖啡色石頭上，放在手心沉甸甸的。是許久之前家庭旅行時買下的。

「這是非禮勿視、非禮勿聽、非禮勿言、非禮勿動喔！」母親說。

「才不是！這個是把拔，他坐在沙發上就是這樣，肚子大大的。」她指著雙手背後的石猴說。

「那馬麻呢？馬麻是哪個？」母親看著她。

「嗯……是這個！」她指著遮住眼睛的石猴，「玩鬼抓人的時候馬麻都會這樣！」

「那妳呢？妳是哪個？」

「那個耳朵遮住那個啦！每次打雷都怕得跟什麼一樣，惡人沒膽！」父親笑著說。

「啊！我知道了！」她說，「這是我不想看、我不想聽、我不想說、我不想動啦！」後來，她吵著要把這四隻小猴子帶回家。回家後她馬上跑到桌前，費盡心思將其中一隻小猴子拆下，用大拇指和食指捏著肚子，在空中揮舞把玩。小猴子啊小猴子，多可愛。

然而生命是這樣，上一刻她視若珍寶的四隻小石猴，下一刻就成了家庭的沉重隱喻——我們是石猴之家，她想。

父親出獄後曾經去找過她母親，希望能夠「復合」，這是阿嬤跟她說的。而阿嬤說的那句「較緊離離欸才會使領單親補助」她站在父親房門前，始終開不了口——她不知道是讓阿公繼續當警衛養起全家比較殘忍，還是開口要父親離婚比較殘忍。

至此，那隻拆下的石猴子被安好地放回原處，擺在桌上，再也沒有拿起過。

——其實她知道，自己也是別過頭去的人。書裡的那句話也能如此改寫：「悲傷會讓人別過頭去不想目睹悲傷的景象。」

然而知道了又能夠如何呢？她只是感覺，更加悲傷。

她想把石猴趕出密室。

一天晚上，男人突然傳來訊息，是一段影片，她點開：

一隻手伸到漆黑中，一雙手伸到漆黑中，好幾雙手伸到漆黑中，手手手手手，全都是手——這個畫面也曾出現在她的夢中。

夢裡是一場雪。

一隻手，伸到空中，手心朝上。千萬隻手，伸到空中，手心朝上。

雪這麼多，人這麼多，世界變得非常熱鬧、非常平和。車子一輛又一輛地上山，載著一個又一個的雪人，一輛又一輛地下山。

一片雪白中，她想起追日的夸父。追雪與追日，究竟有沒有區別？夸父的汗水、淚水、血水，全部流進土裡，蒸發到空中，匯聚成河，匯聚成海，再蒸發到空中。倘若最後也變成了雪，是不是也一樣的美？

然而現在，千萬隻手伸到漆黑的空中，手心朝下，緊握鐵欄杆，使勁搖晃。「一二三」、「一二三」，欄杆應聲倒下。千萬隻手變成千萬隻腿，千萬個人，越過鐵欄，打碎玻璃門，朝漆黑衝刺。男人再次傳來訊息。

在立法院。要來嗎？

她順著影片，點進下一個網址。

[爆卦]人民已佔領立法院主席臺

摸黑闖入
請有在現場的鄉民持續更新！

KMT今天專制獨裁
就讓他們嚐嚐公民的怒火！

http://goo.gl/gQXYth

已開燈 插旗啦
http://goo.gl/cRsYI0

→ allenn: 一堆腦殘的猴子沒香蕉吃就惱羞了
噓 kenjy: 腦殘沒藥醫 這樣能改變甚麼???
噓 speedup: 闖入的點在哪= =
→ allenn: 最好這些猴子就住在立法院阿 變成動物園也不錯XD
→ victoryuy: 用暴力攻擊你認為不正義之事 只是化為魔鬼打魔鬼而已

→ dlevel:那問一下怎麼打魔鬼？用巧克力嗎？

→ allenn:哈哈 我猜大部分的人都在看這些猴子耍猴戲XD

噓 allenn:好多分身猴子高潮了^^

推 lien:有行動有推 太多人習慣一邊罵一邊吞下去了...

噓 allenn:一堆垃圾猴子 看了就想笑XD

推 nuknad:行動才有用GJ

→ cup0226:所以我支持他們 而不是唱衰他們或嘲笑這些有行動力的人們[1]

她閉上眼。無邊的漆黑。四隻石猴仍在她的密室。

——若有影子朝黑暗衝刺？她想。

她睜開眼，拿起手機，回覆。站起，從椅子上抽起背包。甩上肩時掃過桌面。她沒有回頭。

走出家門後，她關上鐵門。安安靜靜。

坐在客運車廂內，司機關上燈那一刻，她彷若看見車廂也閉上了眼。黑暗就是她的密室。而她的密室，正往另一個密室，不斷貼進。

抵達青島東路時已近凌晨。

——漆黑之空這樣大，這樣擁擠。她在人潮中看見男人。

很快，兩人融入人群。

跟著現場的人搬物資，撿垃圾，畫文宣。

碰上無事可幹的時候就到處晃，到處看。

---

1 自「爆卦」人民已佔領立法院主席臺」起，此部分文字皆引自「爆卦」人民已佔領立法院主席臺，批踢踢實業坊。

自青島東路、中山南路至濟南路，四處都被人潮佔據，看不見深灰色的馬路。

人們自成一區便開始彈奏樂器、歌唱、短講、吶喊。

還有免費香腸攤、烤地瓜攤。熱鬧激昂狂歡。

——若有影子朝黑暗衝刺。

她閉上眼，看見漆黑之空這樣大，這樣擁擠，人潮把密室塞得看不見四隻石猴。

她匆匆向男人告別。

馬路。

奔跑。

捷運。

奔跑。

客運。

奔跑。

計程車。

奔跑。

奔跑之中，她想起那天。

那天，高中國文老師在課堂上說，「啟蒙是回不去的。」

——然而，啟蒙真的如同柏拉圖的洞穴比喻嗎？她想。一群被綁在洞穴中的囚犯，一輩子都以為事物的影子就是事物本身，有天，其中一個囚犯不知怎麼，成功逃了出去，看到光，看到光下事物的影子，領悟了光和影的道理，是為啟蒙？見到光的人，再也沒辦法謊稱影子是事物本身，影子遂有了陰影的名字？

——又或者，啟蒙是魯迅的，一人清醒於絕無窗戶而萬難破毀的鐵屋，眼見裡頭有許多熟睡的人們，不久就要悶死？讓眾人在昏睡中死去，不知就死的悲哀，或者大嚷起來，以毀壞鐵屋的希望取代清醒的無可挽救的臨終的苦楚？

「假如啟蒙之後，看出去的世界都是幻滅的，這樣的啟蒙究竟是恩賜，還是天譴？」下課鐘響，她走到講臺前發問。

「我想，或許人不能創造答案，只能創造行動？」老師說。

她打開鐵門。

撞開木門。

父從床上驚起，看著她。

「爸，你跟媽離婚，然後，我們搬家，」她說，「我們重新開始。」

「你還記得嗎？爸。」

「手機並沒有壞掉。」

「我們也沒有壞掉。」

「只是需要找到開關。」

然後她看見，父親的床頭上，原本擺在書桌上的那四隻石猴，碎成無法辨識的模樣。

搬進新家第一晚。她關上房門，走到頂樓。

頂樓什麼都沒有。只有水泥地、水泥圍牆、水塔。

只有雨。只有風。只有行車聲。

她在什麼都沒有的頂樓。跳舞。

張開雙手，伸長，再伸長，伸高，再伸高。又迅速放下，緊緊貼近身體。

雙手高舉過頭，甩向左邊身體。一次，很用力。再一次，變得很輕。

屈身下來，右腳屈膝，左腳貼地。她的左手貼地，右手捶地。咚、咚咚、咚咚咚咚咚。捶地的手張開，手掌下緣，在水泥地上來回遊走，有時快，有時，很慢，很慢。

風來，她身體傾斜，雙腳後退。

車來，她呈C字狀，肚子向內緊縮，雙腳後退。

雨來，她躺在地上，讓雨流過。

頂樓，有風，有行車聲，有雨。她跳舞。

下樓的時候，她的手沾滿灰。手臂是灰的，手軸是灰的，腳是灰的，腿是灰的，膝蓋是灰的。心，澄淨。

她走進房門。手機再次發出通知聲。她按下喇叭鎖。

這一次，她沒有點開。只是關上燈，開始她一人的遊戲。

剎那與永恆

一切都和∀在腦中預演的一樣。

16:00。∀準時出現在公寓的鐵門前。按下電鈴。簡短敘述來意後，鐵門應聲開啟。

16:03。∀打開三樓的玻璃門。脫下鞋子。換上拖鞋。紀念館的工作人員走上前，「您好，需要為您導覽嗎？」∀微笑，「我有預約觀看紀錄片，《焚》那一部。」

16:04。工作人員正在大廳準備播映設備。∀走向右方隔間。站到玻璃櫥窗前。將手伸向櫥窗下方最左邊的櫃子。打開一個小縫。關上。接著走向最右邊的櫃子。伸手。打開一個小縫。再次關上。

16:06。工作人員走向∀，「您好，影片已經準備好了。」他們一同走回大廳。∀在長椅上坐下。影片開始播放——那二十分鐘內，∀感覺不到時間，世界只剩下他和一臺發著光的電視螢幕。

一陣寂靜。

螢幕傳來——「死亡，敢是一切的結束？」

他默念，「死亡敢是一切的結束？」

此刻，他的眼裡映照出火焰。然後是，
一層一層的水，沿著階梯流下。
他突然有一種感覺——這二十年來，
他就生活在流水之中——然而
火焰再次升起。他看見，
火焰再次升起。他默念，
「如果我必須死一千次
我只願意死在那裡
如果我必須生一千次
我只願意生在那裡
我那小小多山的國家」

16:27。∀從長椅上站起。工作人員從辦公室走出來，「需要為您導覽嗎？」「沒關係，我想自己看看。」∀說。

16:31。∀走回鞋櫃前。背對著大廳。蹲下。將鞋子塞進背包中。

16:34。∀站在玻璃櫥窗前。將鼓脹的背包脫下，用右手提著。回頭。打開櫥窗下方最左邊的櫃子。將背包放進去。關上櫃門。

16:39。∀走回大廳。隨意拿起桌上的其中一張文宣。

16:41。∀放下文宣。看向辦公室。

16:42。∀走回玻璃櫥窗前。打開最右邊的櫃子。鑽了進去。蜷縮著身體。從裡頭關上櫃門。

16:49。∀將櫃門打開一道約莫〇．五公分的縫隙。

16:51。∀聽見腳步聲。再次關上櫃門。

17:18。∀聽見大門鎖上的聲音。

許久都不再有聲。∀推開櫃門。鑽了出來。太陽尚未落下。他走向窗前。在樹葉和鐵欄的縫隙間，可以看見有人在對面學校的體育館裡奔跑，運球，傳球。他試著想像籃球觸及地面那一刻，籃球內部傳出彈簧聲，非常微弱，幾乎要被籃球與地面間的咚咚聲蓋過。然而他確實聽見了。

他也確實聽見了：他解開窗鎖時的金屬撞擊聲。推開窗戶時空氣灌入的聲音。塑膠鞋面與窗框的摩擦聲。鐵皮顫動聲。順著鐵皮滑下落在二樓水泥平臺的沙沙聲。沿著平臺小心翼翼走向電線竿的腳步聲。緊抓著電線竿一寸一寸往下滑落最終踏上地面的重重落地聲。

但是時間還長。

於是，他走向大廳，從眾多文宣中拿起一本書——螢綠色封面，上頭印有戴著斗笠露齒而笑的靦腆中年男生。書一共有一百八十四頁，他可以在這個晚上看完，或許還有時間寫一兩封信。

Dear 凱：

此刻我正在鄭南榕紀念館的志工會議室裡寫信給你——在隨信附上的明信片上頭，最左方隔間的中間位置。不過，那時候這裡是自由時代雜誌社的編採部，在明信片裡你可以看到當時滿布的桌椅、鐵櫃和報紙資料。

那天衝進教育部，被逮補、上銬、拘留，從拘留所保釋出來後，我感覺運動到了死胡同。你常問我「在跟警察推擠時，你不會害怕嗎？」老實說，我很害怕。有時，我的腦海會閃過三二三晚上，人們被打得頭破血流的新聞畫面，非常清晰。有時我也會想，為什麼出現在我們這些高中生面前的總是警察，而不是教育部的官員？即便是衝進教育部後，政府仍舊拒絕做出任何讓步，只是像機器一樣重述著「新舊課綱並行」、「爭議點不考」，甚至，教育部長的回應是將會對闖入的學生提告。

這段時間，我總是想著到底該怎麼辦。做一個更大的集結，重新再衝撞一次嗎？可是在已經衝撞過的情況下，似乎很難把運動能量再往更高的能階。這時，我再次想起了Nylon。

我一直在想，Nylon說的「國民黨抓不到我的人，只抓得到我的屍體」和「Over my dead body」對此刻的我們究竟可以產生什麼意義。現在，國民黨既不想抓到我（們）的人，也不想抓到我（們）的屍體啊。

然而，正是在這樣的困境中，我萌生了一個清晰的想法——國民黨以為，這個時代的我們，只能用「行動」反抗他，而他們只需要對我們的行動不聞不問，或者施以譴責，或者施以暴力，便能繼續隨心所欲。但是，我們能做的不是只有「行動」而已。或者說，我們不只能用「行動」反抗，我們可以用「生命」反抗他。而生命，生命正是所有行動的總和。我們可以用「所有行動的總和」反抗他。

我想再對你多說一點。前些陣子，我重讀了《規訓與懲罰》。從中我體認到一件事情：身體是權力運作的最終場域。也就是說，當誰沒有了身體，權力就再也、再也沒辦法在誰身上運作。

被逮捕後不說任何話、被特務認為是「發瘋」了的那個政治犯，實際上是以一己的意志取消了發聲的器官，取消了語言，所以權力無法運作、無法逼供，也無法利誘。

所以，取消身體即是取消權力運作的場域。Nylon的死體現的不會是「我死在權力之下」，而是「權力死在我的死亡之下」。

所以，無論如何，我希望你不要傷心、掛念。或許這個要求有些強人所難，但是，我也希望你可以盡你所能地相信、信任我。我絕非草率、輕易地選擇了自殺，而是像Nylon一樣，緩慢而堅決地走向了死亡。

選擇死亡，也絕非是因為我再也不願相信這個世界，而是，我堅信這個世界，將會和我一樣，謹慎、慎重地看待我的死亡。

祝 健康、幸福

∀將信紙仔細對齊、摺疊，連同明信片一同收進信封裡，並在信封寫上「給親愛的凱」。把信封收進背包的夾層時，凱的臉倏忽浮現。

初次見到凱，是半年前在朋友生日派對上，凱沉默地坐在KTV包廂角落。派對結束後，眾人陸續離開，最後只剩下∀和凱站在馬路邊。那天，∀騎著機車送凱回家，在樓下和凱告別。再後來，兩人約在咖啡廳碰面，什麼事也沒有發生，只在附近散了步。告別前，凱問了他是否願意一起看《亂世有情天》，兩人在漆黑的電影院裡牽起手。多數時候凱都是安靜的。∀花了一些時間才終於明白，凱的安靜意謂的是理解和支持。倘若可以，他希望在他離開後，凱能過著原本的生活，繼續做著喜歡的事情，不要為他而改變才好。

想到這裡，∀站起身，從背包裡拿出內褲、毛巾和肥皂。走進身後的廁所。將水龍頭轉向左邊——果然和上次一樣有熱水。洗完澡後，∀拿起背包。關上會議室的電燈。拿出手機，打開手電筒。走向「總編輯室」前的空地。摸了摸地毯。再從背包中拿出睡袋。鋪平。鑽進睡袋中。

不久後，∀原先清晰的意識，被睡袋包裹而生的溫暖逐漸侵蝕。幾乎是陷入睡眠的最後一刻，∀猛然坐起身，在地毯上到處摸索，找到先前隨手擺放的手機，設定了07:45的鬧鐘，才又放鬆地躺下。

此時，∀聽見遠方，不，似乎是另一個隔間，傳來一陣低頻的聲響。起初，那像是老舊電視發出的雜訊聲，而後，聲音卻變得越來越清晰，讓他產生了熟悉的感覺，似乎在哪裡聽見過類似的聲音，最後，他發覺那是久未聽見的，室內電話的嘟嘟聲。

——這麼晚了，是誰打電話來？

∀坐起身。眼前是幾近漆黑的牆壁，此刻他只能聽見自己沉重而急促的喘息。

——電話仍然響著。

∀站起來。眼睛似乎逐漸習慣了黑暗，已經能看見物體的輪廓。

深吸一口氣後，他打開手電筒，開始尋找聲音的來源。

∀緩慢地繞過牆，一步一步地走向大廳。

——聲音似乎變得更近了。

∀走向原先擺放著那本書的桌前，舉起手機，環顧四周。

——聲音似乎遠了一些。

∀又一步一步地走向大廳和會議室的交界。

此刻，他確定，聲音是從會議室裡頭傳來的。

走到會議室後，他四處找尋，卻沒有找到室內電話。

他再次深吸一口氣。走向更深處。

——會議室的隔壁是辦公室。

——聲音必定是從那裡傳來的。

終於，∀在辦公室的桌面上，找到一臺室內電話。

他看向電話螢幕，是暗的。

奇怪的是嘟嘟聲仍持續著。

——中間究竟經過了多久？室內電話會響這麼久嗎？

在喘息聲心跳聲和電話聲中，他拿起話筒，顫抖著手，把話筒湊到耳邊。

「明天清晨，警察就會來拘提了。」

「什麼？你是誰？你怎麼知道我在這裡？」

「明天清晨，警察就會來了。」

話筒從他的手中掉落。重重摔在桌上。又滾落到空中。電話線被拉得筆直。電話主機懸在桌邊。他奔向原先的隔間，把睡袋一股腦地塞進背包。

拉上拉鍊後，他癱坐在地毯上，雙手撐地。

——眼前是燒得一片焦黑的總編輯室。他想起剛剛未曾亮起的電話螢幕。

突然間，他像是明白了什麼，緩緩地將睡袋再次掏出，鋪平，鑽進睡袋中，安詳地睡著了。

07:45。鬧鐘準時響起。

∀起身。將睡袋捲起。收進背包中。拿出牙刷、牙膏。走向廁所。低頭。看著牙膏精準地落在刷頭上。抬頭時，∀看見鏡子裡的自己。

一股異樣的感覺在他心中升起：這張即將走向死亡的臉，竟然與平時沒有任何不同。這不是一張被死亡籠罩的臉。然而，真有一張「被死亡籠罩的臉」嗎？或者，任何一張臉——我的、凱的、父親的、母親的、翻越教育部圍牆的、揮動著警棍的——都是被死亡籠罩的臉？死亡就像血液般在我們的身體裡流淌，直到某一刻，不是死亡追上了我們，而是我們失去了死亡。

他停下動作。用手掌接水。水流在他口中來回沖刷，接著流進排水孔中。走回總編輯室前時，他看了一眼手錶。07:59。

接下來的七十六分鐘，∀不斷地閉眼、睜眼、閉眼、睜眼、閉眼、睜眼……他認為唯有如此，他才能穿梭於剎那與永恆之間。

先前，他偶然在一個叫「佛學淺談」的網站裡讀到：「自殺者無法往生，其靈識會困在死亡過程中，重回那個自殺地點，每天重複又重複的重演自殺情景，比如上吊的要不斷上吊，跳樓的要沒完沒了的跳樓。」

此刻，在他的想像裡——或者說，在他看不見但存在的空間裡——昨天、今天、明天是疊合的，「剎那」即是「永恆」。在那裡，事件從「歷史」抽身至「現在」。現在既是過去，也是未來，亦即，現在即是「永恆」。在那裡，事件從「歷史」走向了「永恆」。

於是，以下情節將永恆發生。

——在我吃喝拉撒睡呼吸時永恆發生。

——在他吃喝拉撒睡呼吸時永恆發生。

——在所有人吃喝拉撒睡呼吸時永恆發生。

大批鎮暴警察將永恆地包圍自由時代雜誌社。

中山分局刑事組長侯友宜將永恆地踹開公寓一樓大門。

中山分局民權二派出所主管張奇文將永恆地說出：「對不起喔，我們是中山分局民權二派出所喔，奉臺灣高等法院檢察官的命令喔，會同里長來執行拘提鄭南榕先生，請開門。」

Nylon將永恆地走進總編輯室，反鎖房門，拿出打火機，點燃汽油桶。

自由時代雜誌社將永恆地冒出火焰，「碰！」地一聲爆出熊熊火球，竄起濃濃黑煙，沿著牆面如浪滾動上升，完全遮蓋住四五六七樓的牆面。

而雜誌社的打卡鐘，將永恆地停在09:16。

在我吃喝拉撒睡呼吸時。

在他吃喝拉撒睡呼吸時。

在所有人吃喝拉撒睡呼吸時，自由時代雜誌社的打卡鐘，將永恆地停在09:16。

09:16，在那裡，死亡是對暴力的永恆反抗。

09:17。∀再次感覺到他的身體。在日照之下，右臉、右臂、右腿有些發燙，而這一切都在極為寧靜之中發生。他將手掌撐開、收縮、撐開、收縮、撐開、收縮……然後將腳趾蜷起、放平、蜷起、放平、蜷起、放平……

此時∀想起，他必須在有人進來前離開。

∀走向窗前。街上有著三三兩兩的行人和行車。

這時，∀再次聽見了：解開窗鎖時的金屬撞擊聲。推開窗戶時空氣灌入的聲音。

塑膠鞋面與窗框的摩擦聲。鐵皮顫動聲。順著鐵皮滑下落在二樓水泥平臺的沙沙聲。沿著平臺小心翼翼走向電線竿的腳步聲。緊抓著電線竿一寸一寸往下滑落最終踏上地面的重重落地聲。

∀開始緩慢地解開窗鎖，手始終保持在握把之上，直到握把輕輕緩緩地觸碰到玻璃。

正當要推開窗戶時，不知怎麼地，∀突然看向右方——出現在他的視線裡的，正是一道門。他認得這種門，在舊式公寓中經常出現，從內部可以輕鬆地打開，而只要將門帶上，門鎖便會自動鎖上。

∀走向前。

門被打開了。

∀關上門，踩著階梯離開。

站在捷運閘門前，∀看著車廂不停地駛進、停靠、駛離，再次駛進、停靠、駛離。行人走下、走上，再次走下、走上。重複的廣播、畫面和氣味。

如此一來，捷運軌道不再是一條有限的線，反倒生出了另一條線，兩者之間不斷拉開距離，端點卻始終未曾分離，從而形成了一個周而復始的、無止無盡的圓。在這之中，他感覺到一種由重複中生出的平靜。

他渴望成為那樣的重複的平靜。

在這樣的渴望中，∀走入了車廂。

凱站在捷運出口等他。

見到凱時，∀感覺有些恍惚——傾刻間，他腦中的周而復始的、無止無盡的圓塌陷了，再次成了一條有限的線。那條線隔開了他和凱。不，應該這麼說，∀認為自己已然屬於圓的空間，而凱還站在那條地平線上。正因如此，凱是無論如何也看不見圓的。那麼，圓的空間是在地平線之上，或者地平線之下呢？

他應該和凱躍上雲霄飛車，或者跳進泳池之中，如此一來，凱或許也能看見圓。

然而，他們只是靜靜地在海邊的岩石上躺著。

——即使閉上眼睛也能感覺到陽光。

——即使閉上眼睛也能感覺到海風。

——即使閉上眼睛也能感覺到浪花。

——即使閉上眼睛也能感覺到凱。

——那凱呢？凱閉上眼睛時，能感覺到我嗎？∀心想。

「你明天要幹嘛？」

∀睜開眼。只看見凱的背影，以及遠方的海平面。

「幹你啊。」∀從後方抱住凱，頭靠在凱的肩膀上。

「靠北啊。」凱用力地撞向他的頭，「我說認真的，你明天要幹嘛？」

「我也是認真的啊。」他朝著凱的耳朵，用氣音說：「不然現在就來幹好了。」

「不要。」

「為什麼不要？」

「因為，」凱停頓了一會，又接著說：「就是不要。」

「真的嗎？」∀摸向凱的褲檔。

凱挪開他的手，「真的。」

∀順勢將手指伸進凱的手指的縫隙間，握緊，「那明天可以幹你嗎？」

「你就這麼想幹我是不是。」

「可不可以嘛。」

「不可以。」

「那後天可以幹你嗎？」
「可以。」
「那大後天可以幹你嗎？」
「可以。可以。大大後天，大大大後天，大大大大後天都可以。」
「那為什麼現在不行？」
「那你可以告訴我你明天要幹嘛了嗎？」

一陣風吹過來，這讓凱分不清楚，∀究竟有沒有回答他。他們就只是這樣看著遠方，海浪一次次地沖刷沙粒，向後退時留下一整片的泡沫。

「不然，」凱開口說，「我們今天晚上去住汽車旅館好不好？我一直很想試試看邊泡按摩浴缸邊喝啤酒，再開好幾包洋芋片，感覺很棒。」

「你是不是——」∀坐到凱的旁邊，看向凱。

凱撿起了一顆石頭，用力丟向海面，最後卻落在沙灘上，「是不是什麼？」

「是不是真的很想被我幹啊？」

說完，∀便轉身跨坐在凱的腿上，緩慢地貼近凱的嘴唇，碰上後又迅速移開，最後，他在凱的耳邊輕輕地說了句：「好啊，我們去汽車旅館。」

關上房門後，凱沒有走向浴室，只是閉著眼睛躺在床上。

∀靜靜地躺到凱的旁邊，握起凱的手。

許久，兩人都沒有說話。

∀終於感受到自己的疲憊，逐漸陷入了睡眠。

∀睡著時，屈著身體，凱的手在他的臉頰下，依然握著。

如此一來，∀的呼吸，∀的嘴唇的開合，∀的身體的最細微的起伏晃動，都透過手掌向凱傳遞——凱感覺∀變得很小很小，小得可以捧在手中，他必須留意∀的喘息、體溫，以及米粒大的眼珠子是否正在流淚。他無法離開他。

在這樣的感覺中，凱生出了一種非常接近母愛的情感。

凱甚至開始想像，自己長出了一對乳房，生產出源源不絕的乳汁，而∀將會張開嘴巴，露出沒有任何牙齒的齒齦，湊上他的乳頭，用力，用力而平靜地吸吮。

沒有任何牙齒的齒齦將會多麼美妙？∀再用力也不會傷害到他，而∀將在他從身體與靈魂源源不絕地流淌而出的乳汁和關愛下一點一點地成長。

他將成為∀的根，∀的歸屬，∀生活的故鄉——∀身體與靈魂的國家！

凱徹底地沉浸在喜悅裡頭，他從中感受到一種由極致的平靜中生出的極致的激情，任誰擁有了這樣的平靜的激情的平靜，落下的淚都能穿過石頭。

凱始終沒有發覺自己正在流淚，正如凱始終沒有發覺自己正在微笑，凱只是持續地熱切地望著∀，感受著∀的呼吸（∀的生命就在這一呼一吸間搏動），∀嘴唇的開合，∀身體的最細微的起伏晃動，由於凱始終沒有移開眼睛，∀的喘息甚至取代了時鐘——凱就這樣看著∀，一千兩百五十三次喘息的時間。

第一千兩百五十四次喘息時，∀清醒過來，露出紅通通的睡痕。

恍惚中，∀看見凱眼神中少有的炙熱，於是，他起身跨坐在凱的身上，脫掉凱的上衣，吸吮著凱的乳房。∀閉上眼，感受著凱用非常、非常緩慢的速度撫摸著他的頭髮，然而，凱的安靜讓∀感覺有些慌張，於是他更賣力地吮吸，伸出舌頭舔舐、繞圈，凱卻仍舊安靜。∀睜開眼，看見凱抿著嘴唇。「不要忍耐，」∀說，「我想讓你舒服。」∀又低下頭，移動到凱的腰間，終於，∀聽見凱微弱的喘息。隨著他移動到凱的腰的下緣，恥骨，鼠蹊部，大腿內側，凱的喘息逐漸變得強烈，∀撐起身體，向凱的臉貼近，熱烈地親吻他，用手扯動凱的內褲。凱緩緩地閉上了眼，脫下內褲。

——總是這樣，脹滿且痛。我有多想你離開，就有多想你留下。

他們在離開與留下之間，脹滿與空洞之間，前進與退返之間急速飛馳。好幾次，凱反覆用手遮住自己的半張臉，彷彿再也無法忍受這一張臉，他想取消他的臉，他的身體，如此一來，他就再也不必拘囚於這副身體之中。沒有了身體，他就可以確認，他的所有都來自於他的靈魂，他的根，他的歸屬，他精神的故鄉！

凱徹底地沉浸在脫離身體的喜悅之中，以至於床鋪再也無法支撐、無法觸及他的身軀，他不斷地下沉再下沉，穿過床架，床架與地毯間的空氣，穿過地板，車庫的天花板，車庫的空氣，水泥地，濕潤的砂石土壤，直到炙熱無比的地心。

當帶有他的體溫的精液流淌於凱的裡面時，凱感覺自己和融熔的地心就此合而為一。凱的眼皮因此變得無比沉重，於是，凱闔上了雙眼。

∀看著凱逐漸陷入深深的睡眠。

當凱發出第一聲打呼時，∀伸出手，停在凱的眉毛上空。

在空中，∀順著凱的眉毛來回撫摸。

∀輕輕地掀開棉被，走進浴室，沾溼毛巾，用非常輕柔的力道擦拭著凱的肛門和陰莖，並為凱蓋上棉被。

接著，∀穿上衣服，在床頭櫃上留下那封給凱的信，緩緩地離開了房間。

夜色未亮，他在路邊攔下了計程車，回到家中。

坐在書桌前，寫下最後一封信。

親愛的爸媽：

今天是我的生命的最後一天，寫下這封信給你們，希望你們能夠知道，選擇死亡絕非是因為我對於生活，或者這個世界絕望。而是對於這個世界，對於未來，我仍有著深切地期待和盼望。

你們是我的生命中最重要的人，請你們相信，有你們的陪伴是我最大的幸福，謝謝你們給予我的愛和支持。

我知道我的離開將會讓你們感到傷心，但請相信，這是我經過深思熟慮的決定。因此，請不要因為我的離開而責怪自己或其他人。選擇這條路，是我自己的決定，和任何人都沒有關係。

最後，我想再次告訴你們，我愛你們，這分愛不會因為我的離開而消失，將會繼續以另一種形式永恆地存在。

愛你們的兒子

∀將信紙仔細對齊、摺疊。收進信封。擺在書桌上。

閉上眼，∀再一次看見那個周而復始的、無止無盡的圓。再一次，他感覺到由重複中生出的平靜。他即將成為那樣的永恆的重複的平靜。

在這樣的渴望中，不，在這樣的確信中，∀將毛巾塞進房門與地板間的縫隙，接著用膠帶小心翼翼地密封住所有可能的空隙。關上窗戶。拿出事先藏在衣櫃深處的炭盆、木炭、火種、打火機。挑選出長度接近的幾根木炭。疊成一個四方形。再一個四方形。再一個四方形。再一個四方形。再一個四方形。

∀點燃火種。丟進木炭圍成的四方形中。

∀在四方形的正上方，蓋上長條的木炭。

當木炭終於發出紅色火光時，∀從書櫃中抽出一本書，對著木炭搧風。

終於，一團火在∀的眼中燃燒起來。

在他生活的流水之中，燃燒了起來。

房間的溫度不斷上升。

∀吞下安眠藥。躺到床上。
感覺意識逐漸遠離。
遠離。
再遠離。

遠方，傳來陣陣悅耳的音樂聲。
∀就這樣沉浸在炙熱地悅耳地平靜地音樂聲中。
感覺自己不斷飛升，再飛升，幾乎要和那個周而復始的、無止無盡的圓融為一體。

——然而，那真是遠方的悅耳的音樂聲？

——那並非遠方，也因此並非悅耳的音樂聲，只是他的手機鈴聲。

此刻，∀的意識傾刻回歸。
於是，∀感覺自己瞬間墜落了。
回到了那張平坦的床上。

猶豫了許久，∀終於還是接起了電話。

「……死了。」手機的另一邊傳來模糊而顫抖的聲音。
「什麼？」
「大林。大林燒炭死了。」

∀從床上坐起。
將手機丟到床上。
另一邊傳來微弱的聲響，似乎說著「你有聽到嗎？喂？你有聽到嗎？」
此時，∀正撕開先前黏上的膠帶。

——喂？你有聽到嗎？

∀抽出門縫間的毛巾。

——喂？

∀打開房門。

走進浴室，接起一大桶水，回到房間將木炭澆熄。

另一頭不再有聲。

當水觸碰到炭火時，水蒸氣和炭灰撲到∀的臉上，讓他咳了好幾下。

兩個月後，∀在悶熱的早晨，搭著高鐵抵達臺中，又從臺中轉乘南投客運，抵達開南大學站，步行了大約一小時的山路，好不容易抵達「臺灣聖山」。當∀看見寫著「反中國殖民教育的少年先行者林冠華烈士揭碑典禮暨追思大會」的看板時，他感到一陣暈眩。

到了典禮開始時，那陣暈眩不僅沒有消退，反而變得越加強烈。

∀只有緊靠著椅背，才不至於倒下。在∀失焦的視線裡，只有模糊的人影、石碑以及隨風搖曳的茂盛草叢，伴隨著臺上的致詞，以及麥克風的嗡嗡聲。

——林冠華的追思會為什麼要辦？我先用很短的時間跟大家報告，林冠華追思會的意義就是如果說一個人做了一件有價值的事，我們要將他忘記很簡單，只要變成一堆土將他埋起來，就忘得一乾二淨了，這個人就白白犧牲掉了！

——但是刻在石頭上，只要沒有人去破壞，五百年後也還在，而且現在網路這麼發達，這個精神會一直傳播出去，這樣傳播出去就叫做民主教育、社會教育，所以我們要立碑。[2]

——老實說，我對於林冠華的消逝，我一直在想，人的生命究竟是什麼？我才瞭解，人的生命並不屬於自己，是屬於大自然的一個法則，人無法去控制生死。

——我一直想，林先烈的死，咱永遠崇拜他，但是一方面，在理性上，為了臺灣，死掉實在太可惜！他若不死，年紀還輕，還可以再為臺灣做更多事情。

——我今年九十八歲了，還認為自己活得太短，他那麼年輕就走了。

——我要講的是，革命要拚命去做，革命必須放棄私事，但不是打斷自己的生命，人的生與死都是大自然的法則啊！人無法干預。[3]

嗡嗡聲在∀的腦袋裡不斷擴大，他想要喘口氣，於是站起身來，踩著碎石子走到了後方的空地。

∀蹲了下來，仰起頭，用力地做了好幾次深呼吸。

「你還好嗎？」

∀轉過頭，發現那句話並非對著他說的。在幾步遠的地方，有著兩位應該是高中生年紀的男生，一人站著，一人正蹲著抽菸。

「我沒事。」那人撇過頭，又抽了一口菸。

「你的錢還夠用嗎？」

「我不知道。不重要。」

「你真的沒事嗎？」

2 以上節錄自「反中國殖民教育的少年先行者：林冠華烈士揭碑典禮暨追思大會」，臺灣大地文教基金會董事長楊緒東醫師致詞。

3 以上節錄自「反中國殖民教育的少年先行者：林冠華烈士揭碑典禮暨追思大會」，史明致詞。

「我就說了沒事。」

那兩人不再開口說話。

∀思忖著是否應該離開。

「如果我們沒有開始的話，那些來到現場的人們可能過著他們原本的生活，是我們改變了他們的人生路徑。有些人跟我一樣逃家，有些人他可能沒有逃家，但是他光是來現場，他可能就跟他的家庭產生很多衝突跟摩擦，但他們還是選擇來到現場，他們在本來的高中校園可以過得很順遂，但是他們因為覺得這場運動是值得投入的，所以他們根本來的人際圈產生了斷裂，他們的朋友可能會質疑他們為什麼要這麼激進……可是，真的值得嗎？」

∀看著那人手裡燃燒著的菸。

「你覺得不值得嗎？這些發生在現場的演講，甚至是發生在臺灣各地的演講和討論。」另一人說。

「那時候，是我們做了決定要衝進去，但是同時在做決定的當下，那瞬間，我們把很多人的生命一起捲進來，他們的一生或許就這樣改變了，可是我們改變了什麼？……大林甚至沒有一生可言了。」

∀決定站起身，走回座位上，卻遲遲無法挪動腳步。

「如果這就是他們要的呢？」

「但這是我們要的嗎？犧牲一條人命，卻連運動訴求都達不到，這是我們要的嗎？我以為我們只是開開記者會、佔領教育部，我沒有想過社會運動真的會死人……」

「這不是我們可以決定的啊。」

「但我們是選擇開始的那個人，是我們選擇開始的，我們改變了他們的生命，我們要把他們的生命當成是我們的生命。不這樣的話，我會覺得我對不起他們。」

∀終於走回座位。

一聲「請揭碑！」後，眾人拉動繩子，扯下原先覆蓋著紀念碑的紅布。

暈眩之中，∀想，死亡在這裡變成了：一根鑲著石製長方形紀念碑的鐵旗竿、兩根頂著綠色石球的鐵柱，以及，三根頂著綠色石頭的紅色粗鐵絲。

下一秒，∀倒臥在碎石堆上。

鸚鵡，鸚鵡

那天晚上，心心向她問好時，阿加瑪發現自己變成了一隻鸚鵡。

心心是阿加瑪打工的咖啡廳同事。每一次阿加瑪走進吧臺、繫上圍裙後，心心都會對她說：「妳今天過得怎樣？」而她會說「不錯」，或者「還行」。

然而這天，阿加瑪張開嘴巴，卻發不出任何一點聲音。

「妳還好嗎？」心心又問了她一次。

她把嘴巴張得更大，肚子因用力過猛而有些疼痛。

最後，她只是點了點頭。

她啞了。一個人啞了，卻還有這麼多的聲音。心心將咖啡豆倒進磨豆機、按下開關，咖啡機發出嘶嘶蒸氣聲。有人在一分鐘內說出三次，真的假的，真的假的，真的假的。音響播著「那我懂你意思了」的〈沒有人在乎你在乎的事〉。從早上醒來後她的後腦勺就感覺特別脹，現在甚至痛了起來。她的感覺超載了，彼此交疊纏繞無法分離，匯聚成一道白光，強烈到她忘了閉上眼睛。主唱唱出「我們把希望寄託在另一個世界裡／然後才能面對這殘破的生命」。一位客人走進來。木頭地板發出嘎吱嘎吱聲。心心說完「空位都可以坐」後，又轉頭問了她一次：「妳真的還好嗎？」

「這殘破的生命。」阿加瑪停頓了一會才意識到那是從她嘴裡發出來的聲音。她心想——我變成了一隻鸚鵡。

表面看來，阿加瑪和之前並沒有太大不同，只是花更多時間在打工和劇場上。期初排練，她一人編劇一人演出，劇名〈痛苦的十一個面具〉：

燈暗。

燈亮。

她走出布幕。

拖著一大串面具。每個面具上都寫著大大的數字，從1到10。

她繼續走。

走的時候升起一陣霧。

霧終於散去的時候，她站在舞臺中間，戴著編號1的面具——「遺忘是充滿誘惑的，酒與藥那般舒服的。」燈暗。燈亮。

編號2：「我老懷疑寫作到底將救助我們的人生或將我們推入更深黑之處。」

燈暗。燈亮。編號3：「我已然成為一個困難的女生，而困難的女生今後，只能與困難的人，談困難的戀愛，冒著離開愛情的危險。」

燈暗。

燈亮。

編號4：「只有慎重約好的／才允許背道而馳不是嗎」

燈暗。燈亮。

編號5：「一隻長腳蜘蛛奔跑得那樣迅速忽然停止／它是明白了如果事情不是嘎然而止／到底要如何停止呢」

燈暗。燈亮。編號6：「但這輩子就是這樣了嗎？／寫永不被譯解的詩」

燈暗。燈亮。編號7：「我真希望我們不要爭取，我們不要爭取，就是一個獨立的國家。想到要臺灣獨立，我就覺得很煩。我是支持的。但是我更想做許多，其他更有趣的事啊。」

她舉起手。

手指觸碰到面具。

燈暗。

「很痛很痛。」

燈亮。

編號8：「不是魔術表演。有時我們真的吞火。兼職的雜誌社寫了電郵來。說這些東西通通都要改。吉普賽人代表什麼？地下鐵又代表什麼？七樓的茉莉為什麼必須七樓而不是六樓八樓九樓？跳得太空他們就什麼都不懂。就只會說：不過都是符號罷。我很想說所謂符號也不過就是盾牌，你真的被燒過炸過燙過你就壓根不會想要碰。根本不會特別想要讓誰懂。你們不懂只是因為，你們沒有人比我更在其中。」

燈暗。

燈亮。

她背對舞臺，從臺下看不見她是否戴著面具。

「我不明白一心嚮往真誠與自由的人，為什麼會帶給自己或他人深刻的痛苦？」

燈暗。

燈亮。

編號10：「我們能夠告訴別人的，全部都不是真的。」燈暗。

燈亮。

她站在舞臺中央，久久沒有說話。

燈暗[4]。

有人讚賞她的演技。有人讚賞她的沉默。有人讚賞她的博學。

「天才與瘋子不過一線之隔。我不知道妳是天才，還是瘋子。」老師如此評價，並要她每週六到排練室報到。

不過只有阿加瑪自己知道——她像野獸追捕獵物般追捕語言，他人的語言，為的從來不是，成為一個好演員。

沒人相信她有病，包含阿加瑪自己。所以她去看病，為了證明她有病，她心裡有病。

「妳怎麼了？」醫生問。

阿加瑪翻出筆記本，說：「我很難找到恰當的言語來描述我的感受。」

「妳稍等我一下。」醫生翻找出一張標題寫著「情緒儀表」（Emotion Meter）的圖，接著說：「妳可以試著挑出，符合妳的感受的詞彙嗎？」

（生氣、低落、難過、悲觀、孤寂……）

她低下頭。

很久很久。

終於抬起頭，急急翻找筆記本裡的句子，最後說出：「我不知道自己的內心怎麼了。」

「妳有印象是從什麼時候開始的嗎？像是，最近發生了什麼事？」

這時阿加瑪才開始回想變成鸚鵡的那一天。

她從睡眠中醒來。感覺後腦勺脹脹的，似乎做了一個夢。她按了按頸椎和腦部的交接處。想起一句話……。那句話是這樣說的，「比起自由民主，我更喜歡你。」她出門。差點撞上汽車。駕駛大吼。她發現自己已經走到大馬路上。她一直想著那句

---

4 此處〈痛苦的十一個面具〉之劇本臺詞分別取自：胡淑雯《太陽的血是黑的》（編號1）、賴香吟《其後》（編號2）、胡淑雯《哀豔是童年》（編號3）、夏宇《羅曼史作為頓悟》（編號4）、夏宇《88首自選》（編號5）、崔舜華《你是我背上最明亮的廢墟》（編號6）、張亦絢《永別書：在我不在的時代》（編號7）、言叔夏《白馬走過天亮》（編號8）、周芬伶《汝色》（編號9）、崔舜華《神在》（編號10）。

話。

她看向醫生，搖了搖頭。

「這樣，我開一些藥給妳，一週後再回診看看狀況。」

「一樣幫妳預約星期日下午，可以嗎？」她點頭。

「永康緒醒來後吃，藥效有十二小時，在這十二小時內它可以幫助妳緩和情緒，」醫生說，「抗憂服睡前吃，盡量不要太晚，它可能會讓妳嗜睡。」

「可以的話，試著寫寫看日記。想寫什麼就寫什麼。」

走出診間時，她看見牆壁上的電子鐘寫著「二〇一九年九月十五日」。正好是「那件事」發生後八個月。

二〇一九年九月十九日（四）

二十世紀，海因里希・希姆萊說，「反猶太主義就是除蝨」。卡夫卡的《變形記》從寓言成了預言：猶太人不再是猶太人，是蝨子，寄生蟲，Ungeziefer。如今，我們知道：二十世紀的苦痛是蟲的苦痛，「不再為人」的苦痛。二十世紀的文學是蟲的文學，見證為蟲的文學。那麼——什麼是二十一世紀的苦痛呢？

這天，咖啡廳裡沒有多少客人，她捧著《太陽的血是黑的》對心心覆述：「某個清晨，G自不安的夢裡醒來，發現自己躺在床上變成一個怪物，一隻醜陋的大蟲。這是卡夫卡的變形記。」

「《變形記》裡最根本的變形，不是失去人形，而是失去話語，」她說，「假如G還能說話，說出別人能夠聽懂的話，就算化為蟲身，至少還保留了一點做人的條件吧。」

「但是，假如G不是變成一隻醜陋的大蟲呢？」她問心心。

「假如G是變成一隻鸚鵡呢？一隻懂得說人話的鸚鵡，那他——或是牠——還保留做人的條件嗎？」

隨後，她給心心看非洲灰鸚鵡「愛鸚斯坦」的影片。

訓練師對愛鸚斯坦說：「你會學狼叫嗎？」愛鸚斯坦隨即發出「嗷嗚」的狼叫聲。

「那貓頭鷹呢？」「咕咕嗚。」

「一隻鳴鳥。」「啾啾啾。」

「一隻公雞。」「咕咕、咕咕。」

「你會學貓叫嗎？」「喵嗚——」

「那狗呢？」「汪汪。」

「你會學落下的聲音嗎？」「咻———————噗。」

「會痛嗎？」

「Ou、Ou、Ouch。」

「像一個嬰兒一樣哭？」

「哇——哇——哇——」

「尖叫聲？」「啊———」

許多人在影片下方留言，「這才是真正的鸚鵡。」「多才多藝的灰鸚鵡。」「太像人了。」「這哪是鳥啊，簡直成精了。」「真希望我有那麼聰明。」「聰明到有點恐怖。」

影片播放完畢，她說：「當愛鸚斯坦喊痛、哭泣、尖叫時，是沒有人會相信的。當你是一隻懂得說人話，也只能說人話的鸚鵡時，連痛苦都是一種表演。」

「不過，《變形記》裡始終沒有提到，G是如何變成蟲的呢？為什麼只有G變成了蟲呢？」心心看向阿加瑪，說：「妳覺得，如果G發現，並不是只有他變成了蟲，事情會變得不一樣嗎？」

§

週六，排練室，老師對她說：「閉眼。」
「是閉眼，不是皺眉。」
「深呼吸。」
「吸氣。1——2——3——。吐氣。1——2——3——。」
「注意力放在呼吸上。」
「感覺雙腳。」「腳趾放鬆。」「很好。」
「感覺雙腿。」
「感覺骨盆。」
「不要忘記呼吸。」「很好。」
「感覺下背。」「腹部。」「脊椎。」「上背。」「胸口。」
「肩膀。」「手臂。」「手掌。」
「拳頭放開。」
「脖子。」「嘴巴。」「臉頰。」「眼睛。」「額頭。」「很好。」
「吸氣。1——2——3——。吐氣。1——2——3——。」
「眼睛睜開。」

「妳剛剛有什麼感覺？」

「我不知道。」她用幾乎聽不見的聲音說。

「妳沒有感覺是不是？」

「妳沒有感覺是不是？」老師大力地推她的肩膀。她向後踩了一步。

「妳現在有什麼感覺？」

「很痛。」

老師又更大力地推她的肩膀。她跌在地上。「妳現在什麼感覺？」

「很痛！」

「看著鏡子，說，妳現在什麼感覺？」

「很痛。」

「太小聲了。妳真的痛嗎？」

「很痛——！」

「只有這樣而已？」

「很——！痛——！」一滴眼淚從她的臉龐落下。

「很好。」老師說。

§

週日，診間，醫生對阿加瑪說：「這週感覺怎麼樣？」

「……那些夢讓我困擾。」她說。

「妳夢到了什麼嗎？」

阿加瑪停頓了一會，搖了搖頭，接著說：「我想，可能，停藥會比較好。」

「嗯……通常，一週到兩週內副作用會漸漸消失。」醫生說。

「這樣，我幫妳減少劑量，下週日再回診看看，好嗎？」

她點了點頭，領了藥。

§

二〇一九年九月二十五日（三）

開始吃藥第十一天。

白天，我仍有太多的感覺。晚上，我又有太多的夢。有時候，我覺得回憶和夢就像鬼一樣，我不知道祂從哪裡出現、為什麼來、何時離去，我甚至無法指認它們是否「真實」存在，或只是虛無引發的虛無。

藥的副作用並沒有如醫生所述消失，一點跡象也沒有。

昨晚，混亂中倒了一啤酒杯的伏特加，沒有冰塊，隨便擠了些檸檬，捏著鼻子猛灌後，一切都在旋轉。倒在沙發撥電話給他。只記得第一句：「我不想要你討厭我啊。」掛掉電話後吐了一地。關於這件事朋友理解錯了，我不是「喝醉了才打電話給他」，是「為了打電話給他才喝醉」。

我們活在一個眼見為憑的社會，才學會用行動詮釋欲望，忘了每個人都是一座冰山。眼見為憑的意思是不是：我們不相信彼此的內心？為什麼痛苦總是和失眠綁在一起，睡眠卻是和怠惰放在一塊呢？一個睡著的人難道不是，更痛苦？「存在就是時間」，我既殺不死自己，又不知道為何要活下去，所以我就睡，殺死這一秒的時間，再殺死下一秒的，於是我知道：我不必借助死亡也能殺死自己。一個沉溺於睡眠的人，實際上是沉溺於消解時間，消解時間不等同於怠惰，有時恰好相反。

二〇一九年九月二十六日（四）

副作用仍未消失。我疑心自己是否真的能「好起來」。至少目前我知道：靠藥物不行。

已經連續兩日打工遲到，讓我不得不意識到一件事實：我讓自己和其他人失望。

二〇一九年九月二十八日（六）

週六排練的主題是鏡子。

我對鏡子說：「我愛你。」

嘟起嘴巴，再慢慢張開。

——我。

把嘴巴張得更開。

——愛。

將嘴唇往內縮，露出兩排牙齒。

——你。

「我愛你。」
「我、愛、你。」
「你愛我嗎？」
「你愛我嗎？」
「……。」
「你不愛我。」
「我不愛你。」
「我們分手吧。」

——我愛你。我愛你。我愛你。
——你愛我嗎？
——我、愛、你。
——……
——你不愛我。
——我不愛你。
——「我愛他。」

……——我愛你。

二〇一九年九月二十九日（日）

下定決心明天要出門走走，結果颱風來了，颱風的名字叫米塔，意思是「我的眼睛」。

又把「鏡子」想了一次：鏡子、萬花鏡、後照鏡、道路廣角鏡……我們總說：鏡子是一種象徵，鏡子裡的都是假的，那麼，我們又該如何看見真實呢？

二〇一九年九月三十日（一）

「所有的書寫都是重寫，不管你是用筆、用錢、用人生、或用理念重寫，重寫都是在掩蓋——我不是說那是謊言，如果臉都是某一種面具，面具還是不等於臉。獲得面具的真相是容易的，而獲得臉的真相——非常難。」（張亦絢，《永別書：在我不在的時代》）

什麼是臉的真相？回憶是不是也是一種重寫？重寫跟謊言的差別是什麼？或者說：回憶跟謊言的差別是什麼？

二〇一九年十月一日（二）

颱風，南方澳跨港大橋斷了，「我的眼睛」——災厄有著美麗的名字。

昨晚看到樂生自救會要在行政院外六步一跪，抗議懸空陸橋案，今早跟著去了。看到男警對一個女生說「犯法還想戴口罩？有膽犯法不敢露臉？」又伸手扯她的口罩。

二〇一九年十月二日（三）

爬不起來，打工也沒到，心心打電話關心，又說：搬到咖啡廳附近，她租了間公寓，樓中樓，不算大，但多少有個照應。

二〇一九年十月四日（五）

原先答應早上九點半一同到樂生院方說明會上，抗議強行闖關的懸空陸橋案，睡醒時已是中午。再次確定了「我讓自己和其他人失望」的事實。

撥了電話給心心，她說週日可以搬進去。

二〇一九年十月七日（一）

下午搬進心心租的公寓。

她模仿房仲的語氣跟我介紹。總坪數九．六坪，一房一廳一衛浴，還有簡易廚房、獨立洗衣機。挑高三米六樓中樓，一樓大面積米白色大理石磚，二樓鋪塑膠木地板，旁邊還有超大木櫃，東西不怕沒地方放。樓梯下方空間可以當衣櫃，還有全身鏡，窗臺可以當小型曬衣間，窗臺下方還有大鐵櫃可以當小型倉庫……

好處是頂樓可以抽煙，風景不錯。心心補充。

樓下大門上的出租傳單寫著「魔術大空間」，實際搬進來才發現，沒有魔術也沒有大空間，這裡連塞下一張書桌都嫌擠。不過，事情已大致抵定：晚上，心心睡樓上，我睡樓下的沙發床。白天，沙發床就折疊起來當沙發，擺上二手ＩＫＥＡ白色摺疊桌充當書桌。

失眠。上頂樓抽菸。風景確實不錯。

二〇一九年十月八日（二）

朋友不斷在臉書分享反送中的影片，一個也不敢點開來看。經過附近學校時，看見連儂牆上寫著香港快訊「港女墜樓斷肢飛出 大量被自殺案疑點重重」、「香港十八區開花行動釀衝突 警再拔真槍指人群」……我的事情不值得一提，沒有人會「真的」想聽的——當我說出我的痛苦，我就已經失去它。

今晚又失眠。上頂樓抽菸。看到一個男生，和我一樣抽紅媽軟，大概也是租戶。

二〇一九年十月十二日（六）

有時候就只是，一直寫，模糊地知道自己想要寫出什麼，然後不斷逼近。

已經見到那個男生三次，頂樓有個鋁罐，裡頭全是菸蒂，不知道他都在頂樓待上多久。

二〇一九年十月十三日（日）

在醫生的建議下，做了腦部核磁共振。

二〇一九年十月十七日（四）

在臉書上看見一個男子倒在血中的照片，發現是香港民間人權陣線的召集人，沒有繼續看下去。

有人說：「你的歲月靜好，不過是有人替你負重前行。」彷彿歲月靜好是種偷竊——從別人那裡偷來的。不過，誰不想要歲月靜好呢？

又在頂樓撞見那個男生。趴在圍牆上，手裡夾著菸。光是從外表，很難判斷他的真實年齡，並不是他長得特別年輕，或者特別年老，實際上，那是一張放到十六歲到三十歲的人身上都不會顯得突兀的臉。我也擁有，這樣的一張臉——我疑心他想死。

這天晚上，她灌下半瓶威士忌還是睡不著，搭電梯到頂樓。打開防火門，看見那個抽紅媽軟的男生站在圍牆邊。

阿加瑪關上防火門。男生回頭。
「妳也失眠？」他說。
「嗯。」
「我叫阿誠，妳呢？」
「阿加瑪。A-g-a-l-m-a，阿加瑪。」
「好，阿加瑪，」他看著她，「抽菸嗎？」
她從他的菸盒裡抽出一根菸，點燃，抬頭看向他說：「你從什麼時候開始抽菸的？」
「二〇一五年吧。」
「為什麼抽？」她說。
「也沒有為什麼吧。那時候我整個人就是很軟爛。」阿誠說。
「那時候？」
「嗯。反課綱運動結束後。」
「怎麼說？」她吸進一大口菸。
「嗯……那時候就是要花很多時間來去搞定，把一堆與我素昧平生的人捲動進一場運動裡面的那個焦慮感。」

她安靜地點了點頭。

「還有運動的失敗啊。整個人就是陷在情緒裡面，像沼澤一樣，進去之後很難爬出來，整個人一直往下陷，你越動，越往下陷。」

「那陣子常常會陷入一個焦慮是，你不曉得自己該何去何從。而且我那時候逃家。」

「你說那陣子，是大概多久？」

「那狀態持續了至少兩年有，就很慘，一直在換工作。因為那時候上的學校都不是自己想念的，都不曉得要念什麼，就想說算了不念了。」

「那兩年都是嗎？」

「對。我那時候整個人就是軟爛，我那時候軟爛到，哪一天我情緒突然炸掉的話，我就會直接不去那個工作，就要想辦法再找一個，然後又炸了，又找一個。那時候最高紀錄應該是半年內換了五個工作。而且我找的工作通常都不錯，有些工作可能時薪都可以到一百八、一百九。」

「你那時候都做什麼工作？」

「有很爛的也有很好的。好一點的話就是比較穩定點，就坐辦公室，打打字。其他像是便利商店啊，活動啊，成衣啊，倉庫啊，應該只差沒做工地了。一堆有的沒有的工作都做過。可是像這種簡單的工作我還是大炸鍋了……抱歉，我只顧著自己講，忘了問妳想不想聽，這些事實在不值得——」「我想聽。」

「我真的想聽。」她說，「後來怎麼了？」

「也沒有怎麼了啦，我們聊點開心的事好了。」

「我是真的想……如果你願意說的話，我是真的想聽。」

幾分鐘後，阿誠終於開口：「嗯……那時候狀態就是很炸到不能再炸。起床，知道自己要上班，然後就抽菸，發現好累喔，就滑手機，躺回去，關掉通知，全部關靜音，睡，睡，睡到下午起來。『喔，我沒去上班欸。』就是這樣子惡性循環。」

「你會很自我厭惡，想說為什麼我明明就需要錢，我很清楚地知道我需要錢但我還不去上班，然後下個月房租又要靠我室友付了，我好對不起他們，我對他們好愧疚。」

「他們對我很好，但我卻對他們，某種程度上我又多欠他們一筆錢了。雖然他們的確有能力但我對他們好不好意思喔，我好爛，就是一直一直在反覆地在進行這樣的，來來回回反覆好幾次。」

「我覺得最可怕的是那個惡性循環，那個自我厭惡，疊上來又疊上來。感覺到別人對我很好，我就覺得我沒有好到別人該對我這麼好。」

「那……你有想過為什麼嗎？為什麼會變成這樣之類的。」她說。

「嗯……我覺得除了運動失敗之外，可能脫離原生家庭這件事情多多少少也有一些。」

「那時候又……那時候感情又出問題，伴侶突然離開我，然後跟自己一點也不喜歡的人交往，搞得她很糟，我也很糟。」

她抬頭看向他，「跟自己一點也不喜歡的人交往。」

「嗯。那時候就是，因為那時候失戀。我在運動當中有另一半，那時候也處得很好，但有一天她就突然就不聯繫我了，我也不知道為什麼，我到現在還是不知道為什麼。」

「這件事對我影響滿大的，狀況也很差。然後，我當初，我接下來要說我跟我不喜歡的人交往這件事情。」

「我在高中的時候跟她交往，快一年吧，當時是我主動跟她提出分手的。那時候我跟她提出分手是因為她不喜歡我去碰反課綱，所以我那時候跟她提出分手。」

「跟她分手之後，她還跑到我家樓下，之後還跑來現場幫忙，當志工。那時候看到的時候我就直接傻了。因為那時候的狀況是她已經跟現場很多不同組別的人很熟了，但是我那時候就是要處理舞臺這邊的一些事務，就是比較沒有空跟其他組別的交流。然後就發現『哇靠，我前女友也跟大家整個熟起來了耶。』嗯……之後在整個運動結束之後就是，好我現在仔細想一下滿垃圾的。」

她感覺到自己的心跳加快。

「就是，那時候的狀況就是，我覺得要尋找一個本來很熟悉的人，我覺得就是，就缺愛吧，就找了一個相對熟悉，我也知道她可能不會把我推開，我覺得那時候就是在賭，對。一方面也因為自己以前，我覺得這句話本身也可能是在給自己找藉口，但是我猜測，可能是因為當初我主動跟她提分手，我可能想要彌補，我等於把這個情緒擴大到，我想要盡可能彌補，我當初犯下的所有錯誤。就是它可能是一個宣洩的出口。……如果妳知道說，大概知道反課綱的狀況的話，就那時候林冠華自殺嘛。」

她點了點頭，點起第二根菸。

「當下我身邊的朋友都哭了，當下我身邊的朋友就，面無表情，然後爆哭。然後我那時候就是，我的感受很複雜，可能是以前家庭教育的關係，就是什麼男生不要哭什麼的，搞得我現在就是，很難有一個很好的情緒表達，對。」

「那時候當下就是，我知道這件事情的時候，因為我本來其實在先前我就有稍微知道這件事情，就是他有可能會自殺，所以也不算，也不能說意外，就是，那時候比較多的想法就是『喔發生了。』，那他就是要給我們這個機會去做這件事情，就完成它，不然，雖然說跟他不熟，可是至少這樣子感覺比較對得起他吧，對啊，不然，不然他，對啊。」

「那個時候是進入一個很理智的模式，就在想這件事情，沒有空把那情緒先處理掉，雖然說我也不曉得那時候，有可能那情緒，我覺得是一直累積一直累積一直累積，就是潛意識地會逃避吧。總之那時候的解決方法是這樣。」

「我想一下那個詞，那感覺是什麼，我先用一個最單純的語言講，就是你想要一直讓自己『為臺灣奉獻』。我覺得問題就是在參與運動的時候吃太多。就是自己一直在對外喊的那些語言和口號，也把自己也騙過去了吧。但我覺得很多時候就是跳進來之後會很難跳出去。就是到底是不是為自己而活這件事情。」

「那你為什麼你會開始，參與社會運動？」她說。

「嗯，我家的背景是正藍軍，早上起來都會聽中廣，我爸媽每天都會帶一分中國時報回家，吃飯時我有時候會稍微翻一下，知道今天發生什麼事，所以，我有受影響，比較三民主義統一中國。對，我以前是華統派，不是華獨，我是華統。但之後就發現，好像有一些地方不對勁。加上那時候反媒壟，我又看到一些，很早以前野草莓的東西，就會想說為什麼國臺辦的人來臺灣的時候，馬英九跟他的黨羽們要把中華民國國旗給收掉？為什麼你要這樣對待我的國旗？心裡面深深感受到被背叛的感覺。

從那一瞬間開始，我本來骨子裡對於國家的信任，開始很強烈地動搖。慢慢的，我開始會去質疑一些自己本來很信任的媒體資訊來源，會多想一下，覺得好像哪裡怪怪的。」

「然後，小時候我有給阿公阿嬤照顧過一段時間。他們住在一個雲林沿海的漁村，叫臺西鄉。小時候住在那邊的印象跟長大後差很多。很大一部分是空氣的品質，跟整個天空時不時會灰濛濛的。我高二的時候，阿嬤的行動能力變得比以往遲緩，走路不穩，家人和親戚都認為是老化造成的失智問題。後來，因為老家門檻比較多，有次阿嬤就在門邊跌倒。明明已經住了四、五十幾年的家卻跌得很嚴重，那時候大家才發現問題比想像中嚴重。但是，轉了好幾次診，做了很多檢查也沒有太多改善。好像有個醫生提了可以照核磁共振，才發現原來是腦瘤壓迫神經，但因為病徵跟失智都很像，所以之前的醫生都沒有注意到。那時候就是會想辦法找答案，最後發現是六輕。」

「因為這件事情，我本來既有骨子裡對於國家的一個信任，開始很強烈地動搖。就想說為什麼，臺大公衛所的莊教授他也有做流行病理學的研究啊，說雲林沿海的鄉鎮他的癌症罹患率是全臺灣之冠啊，他一定有個理由吧，之類的。所以那時候就是對於既有的政治認同有滿大的動搖。」

「那，你覺得，從事社會運動有可能是幫助復原的嗎？從你剛剛說的這些事情裡復原？」

「嗯，我反而覺得有繼續活下去它就是⋯⋯我不會用療癒這個字，但我會用處理這個詞，我覺得繼續活下去它本身就是，就是在處理了。我自己有看過身邊一些朋友，他不知道是因為什麼原因，可能運動結束之後他就沒有辦法繼續走下去，我上臺北之後看到五、六個人就自殺了，然後就走了。」

「我覺得繼續活著就是解答本身，嗯。」他說，「妳覺得呢？」

她吐出一大口菸，「我覺得⋯⋯我還沒有答案。」

「說不定睡一覺就有答案了。我跟妳一起下去吧。」他說。

「等等。」她走進住處門口之前，阿誠叫住了她。

「謝謝妳聽我說，我感覺好多了。」

這一刻，她感覺有什麼東西，在她的腦袋中，輕輕地化開了。

她搖了搖頭，「謝謝你跟我說。」

「回頭見。」他說。

「嗯，回頭見。」她揮手，關上門。

走進樓中樓後，她坐在二手白色摺疊桌前，試著把阿誠的故事寫成小說。

——時間所剩不多了。

病房內，所有聲音在那一刻全部被取消，剩下醫生留下的這句宣判。

——一天、三天，最多一個月。

時間所剩不多的人，將擁有最多的時間。我想，是時候告訴他人這個我花了一輩子與之對抗的故事。這個故事並不屬於我，故事的主人也早已失去聯繫，事實上，他僅僅在我的生命中出現五個半小時。

嚴格來說，那並不是一個故事，而是一連串「事故」的排列組合，稱不上開頭、沒有結尾，甚至缺少故事應有的情節……

阿誠是在縫隙裡找到CC的日記。

每日，CC用新的方法殺死新的自己。美工刀、繩子、牆壁。

美工刀是「嗶——」，繩子是「——嘎嘰」，牆壁是「咚——」。

——。——。——嘎嘰。

嗶——嗶——。或者，

咚——。——。咚——。

每次聲音出現，阿誠就會回頭。

每日，CC用新的方法殺死新的自己。每日，阿誠都會回頭。

那晚，CC沒有殺死自己。吃了戀多眠，睡得異常安穩，雙手握拳，蜷曲著身體，像是羊水裡的胎兒。

六坪大雅房。染白橡木紋木櫃。《被出賣的臺灣》與《受困的思想》的夾縫間。日記倒放，廢紙般。

字跡潦草，潦草中卻帶著決絕的美。最初和CC在一起時，她的字跡是這樣嗎？至少那時的CC絕對不會翻開《被出賣的臺灣》這樣的書。

一切就停滯在這裡了。他、CC，颱風前以「遍地開花」之類的鬼話草草收尾的那場運動。

若是難以安身的年代，離家、離鄉、不知未來為何物的他至少還有CC。然而，越是安樂的時代，人們就越難安於當下。

「或許他們反對的是臺灣的未來。」某篇社論如此評價他們的那場運動。可是，他們向來只被教導如何「面向未來，遺忘過去」，或者如何「面向過去，遺忘未來」，從沒有人告訴他們怎麼面向當下。

楚楚不一樣。和楚楚在一起時，他們就只有當下。楚楚會說：「夢不是過去，不是未來，夢並不屬於任何一個時區。夢只是夢，夢是現在。」「我們是在做夢，你要記得。」

半夢半醒間，阿誠瞥見一張臉，一張因過分熟悉而陌生的——他自己的臉。有風無聲吹動窗簾，那張臉在搖晃的光線下顯得蒼白蒼老，不像是一張十九歲的臉：「她在你面前做這些事情的時候，你的感受是什麼？」

「我覺得最大一部分是恐懼吧。」

「恐懼？」

「除了趕快抓住她，讓她不要再繼續撞牆。或是抱住她，穩定她的情緒之外，好像也沒有太多的方式可以再繼續阻止她了。因為，她就是壞掉了。昨天已經發生過了，今天再重複一次，明天這件事情還是有可能會繼續發生……」

聲音之中還有聲音。

彼此交疊、纏繞，而後分離。

咚——。——。咚——。

阿誠醒來。

闔上筆電螢幕後，她躺在沙發床上，安靜地睡著了。

§

週日，診間，醫生拿出磁振造影圖，指著下半部的兩個白色空洞，對她說：「這是左視丘和右視丘。妳的視丘故障了。」

「簡單來說，視丘扮演過濾器的角色。」醫生接著解釋，「它會收集眼、耳、皮膚輸入的訊息，然後分辨出『有意義的訊息』和『可以忽略的訊息』，然後將訊息整合成記憶。」

「因為妳的視丘故障了，所以沒辦法過濾感覺。」

「另外，關於你提到的夢和回憶，不知道這對你是否有幫助。」醫生書架上的其中一本書，書名是《心靈的傷，身體會記住》，翻到貼上標籤紙的那頁，說：「夢境有助於為看似無關的記憶創造新關係。看出新穎的連結，……這也是療癒所不可或缺。……睡眠中的大腦會重塑記憶，進行的方式是強化跟情緒有關的訊息，並讓不相關的內容消失。……我們在清醒時看不出相關性的訊息，睡眠時的大腦甚至可以從中整理出意義，並將之整合到更大的記憶系統中。」

「夢境會不斷重播、重組和重新整合舊時記憶的片斷，過程會長達數月甚至數年之久。」

阿加瑪突然想起書裡的那句話：「給她時間，而非時代。」

——給我時間，不要時代。回憶、夢境、創傷，自有它們的時間、它們的生命，如同我。她想。

走出診間後，她從口袋掏出手機，顫抖著手，點進對話框，輸入訊息。

「以憂，在這個時刻來臨前，一切就像永無盡頭的隧道，我不斷思考卻想不到我如何同時愛著你，同時不斷面對我們如此不同的價值觀，我不知道那時我該如何愛你而依然感到快樂、確信我們可以走上更遠的路……所以我欺騙自己，欺騙自己我已經喜歡上了另一個人，把自己和你，和他都騙了過去。對不起。

某天，當我坐上北上的自強號，想起《永別書》裡的那句『給她時間，而非時代』，我眼前浮現的不是時代、不是社會，不是我們共同相信或爭吵的那些事物，而是你的臉，於是我明白了那個我曾奮力尋找的解答莫過於『時間』，我理解到光有愛是不夠的，我們需要時間。

我還記得那個幾乎每個星期為了公投吵架的時候，即便愛存在著，我卻感覺到時刻都要被拋下而不安，那樣的不安讓我無法思考，甚至做出錯誤至極的決定。但如果（儘管沒有這個如果），站在時間這頭的我，可以回到當時的時空，我想我會好好告訴自己和你『我愛你，而儘管我們這麼不同，我想和你好好走下去。』

我們需要時間去理解對方長成的環境和背景，需要時間瞭解彼此為什麼懷有那些想法或堅持，需要時間讓對方（和自己）知道，我願意以時間看顧這些不一樣，並且繼續好好愛著。」

——療癒需要的不只是真相，還有真實。在事實之下，還有承認真實的渴望。每個人都是一座冰山。她想。

§

週六，排練室，她對鏡演出。

「那天晚上，心心向她問好時，她發現自己變成了一隻鸚鵡。」

「一隻鸚鵡。」

「一隻懂得說人話，但也只能說人話的鸚鵡。」

「站在鏡子前，看見另一隻鸚鵡。」

「現在，我們有了兩隻鸚鵡。」

「兩隻懂得說人話，但也只能說人話的鸚鵡。」

「兩隻鸚鵡。」

「站在萬花筒前，看見千萬隻鸚鵡。」

她走向排練室中央，想像自己走上舞臺。

她張開雙手，閉上眼。

她說，「現在，我們有了千萬隻鸚鵡。」

「現在，我們可以開始說話了。」

發聲練習

觀眾已經開始進場。
請找到一塊空地，調整你的呼吸。
呼，吸。
試著活動你的雙手，雙腳，全身。
感受你的身體，
並保持呼吸的節奏。

舞台燈亮。
你坐上舞台中央的那張椅子。

「好的，現在，我們可以開始說話了。」

發聲練習 I

第一場 A-side

（你能夠從「你的」視角出發，述說三二三當時和後續發生的事情嗎？）

「三月十八號晚上，我沒有跟著學生們從青島東翻進去，我跟公投盟的阿伯阿姨們衝擊前門，吸引裡面的駐警。一直到大約十點時，我才繞到後面的青島東路，發現那裡群龍無首，原本計畫要帶領群眾的人，跑進去議場內了。

我跑到林森南路八巷的立法院後門，與被分工顧這門的朋友說『這裡不用守了，要想辦法讓青島東的佔領確立。』接著，我又繞回去濟南路跟另一個朋友說『你跟主持人講，青島東那裡需要民眾，如果大家覺得濟南路太無聊，青島東那邊也需要人一起佔領，確保裡面學生的安全。』所以有些群眾就慢慢地往青島東移動。

後來青島東也聚集了很多群眾，十點半左右，群眾喊『我們要進去廣場』，原本在軌道上左右滑動的鐵門，被群眾的力量往前推，鐵門直接被推離軌道，再也關不起來，裡面的警察全部嚇翻、散掉，群眾就往裡面衝，形成後來二十三天佔領的局面。

後來十九號、二十號晚上就是在《街頭》上看到的，有人把陳為廷、林飛帆兩人約到社科院大禮堂二樓開會，有人說『今天你們就是要挺我們的決策啦！今天如果沒有公民，你也沒有力量』之類的話，我就在現場，心裡很不滿，想說『幹你們今天坐在這邊聊，場外那些從中南部上來的學生你們也沒在理的啊，還不是你們自己在決定，自己說沒有參與在NGO的決策裡面，你們自己也沒有想到中南部的學生。』我那時很生氣，覺得自己來這邊幹嘛，浪費時間看你們臺北人吵架。所以我後來就不太管，加上我隻身一人從南部上來，除了擔任一些聯繫的工作，就不知道要幹嘛了。

二十三號時，我發了一篇臉書，說『如果還要做些事情的朋友，請來找我。』發文後我開始認識一些人，我跟他們說『如果大家還相信我個人，想知道晚上計畫是什麼，下午四點半社科院見。』接著我就去找蔡丁貴了。

見到蔡丁貴時，我跟他說『蔡教授聽你之前說，你對行政院滿熟的。我覺得就是行政院了，我需要蔡教授幫我大概講一下行政院的地形，另外就是公投盟的角色或許可以再像三一八那樣，把行政院佔領下來。』

後來，有朋友跟我說『下午兩點議場內要開會，決定要幹嘛。』我就帶著行政院的計畫進到議場裡，說『現在不用多想了，就是行政院了。行政院這邊，我剛才跟蔡教授那邊有個默契，有可能就是再發動一次三一八那時的戰略。如果大家同意的話，就照這個來走。』後來大家覺得那就是行政院了。我走的時候還遇到林飛帆跟陳為廷要進來開會，林飛帆只問了我一個問題，『不管接下來什麼行動……』我說『行政院。』他說『行政院的話，議場可以切割嗎？』我說『你就切。』他說好。我理解這個立場跟態度，畢竟當時議場內、NGO們並不認同更激進的方案，在此時擺出一個就支持年輕人怎麼做的態度：不想負責任的時候，就不想主導的態度。

四點半時，我去了社科院，有一些人來，我跟他們說『晚上會有一個衝擊，會有法律風險，甚至會受傷，大家再考慮一下。七點十五分的時候在鎮江街跟青島東的路口，我在那邊等大家，如果大家覺得不要，那就不要來了，沒關係。』

四點半到七點十五分之間有個插曲，有些樂團圈的人，覺得林飛帆跟陳為廷把局勢弄得不知道要幹嘛，他們想要衝議場，我聽說之後覺得這些人也是可以結合的對象，就從社科院禮堂一路跑到青島東，跑進去議場側門前問『剛剛誰在這邊跟陳為廷對罵的？等一下晚上有個行動，如果想要衝的話，七點十五分集合。』

最後來了大概十八個人，我說『等一下是要去行政院，我們人數少，但是我們的角色很重要，我們會是第一波衝進去行政院的人。這個計畫也會有公投盟的響應，公投盟會在後門，我們會在前門。我們的目標就是要打開空間，往裡面衝，讓警方來抓我們，因為只要讓警方沒辦法維持隊列，就會打開一個破口。有人會在青島東那邊宣傳有人衝進去行政院了，我們就是要把破口打開，讓後面跟著的群眾湧進來。這件事情會有法律責任，會有身體受傷的風險，請大家再考慮一下。如果大家覺得勉強，沒有跟也無所謂。』

而運動退場後我才知道，三二三我到議場內開會，我參加會議時，是說『佔領行政院』，但有人在我離開後，直接改成了『快閃』。所以對其他人來說，是『快閃』去行政院，再把群眾召回來。後來有一陣子臺北人很敵視我，都在罵我改變計畫，我就覺得莫名其妙，因為我沒有改變計畫過。

所以後來我們走去行政院的時候，情況有些詭異，公投盟已經提前走到後門了，還遇到社科院的學生們，顯然他們是來快閃的，但我那時候搞不懂，只想說『怎麼時間比我預定的還早？』當然提早，因為我的計畫已經被否定了，大多數被號召來的行動者心裡的時間，跟我不一樣。

我記得那時候我們想要突破靠中山北路的行政院大門，我跟朋友先過去，對駐警說『大哥不好意思，現在是下班時間了，但是我想要進去』，大哥就說『下班時間你來拜訪行政院幹什麼？』我說『沒有，我就想要進去。』他就覺得有點困惑，不太想理我，講一講我朋友就突然衝進去了。他衝進去之後裡面的警察嚇一跳，然後我也衝進去，後面跟了十幾個人一起衝。

警察一開始先去追我朋友，再來抓我，我有被抓下來。第三個人被抓下來，第四個人也被抓下來，但是他們來不及用無線電把所有等待的警察叫出來，群眾看到我們衝進去，也跟著一起衝進來了。另外一個門的警察反應比較快，直接把路口封起來，所以後來行動者才在拒馬上面鋪棉被翻進去。

我衝進去之後就被壓制，跟警察一起翻到草叢裡面，我想說『好，至少拖住一個人。』後來我就說『痛痛痛，不要這樣壓我，我會自己坐起來。』然後我就自己坐起來。坐起來之後我又跑走了。

後來在院區看到有些警察身邊坐了兩個學生，我就走過去跟那兩個學生說『你們坐在這邊幹什麼？』他們有點不懂我在講什麼，我就說『今天一個警察就扣留你們兩個人，是有手銬銬住你們嗎？』警察一聽就嚇到說『你在講什麼？』我就說『趕快起來走啦！』那兩個學生就跑掉了，我也跑掉了。

行動前我請一個朋友在院外，我請他等待突破的時候，同時間跟青島東的舞臺主持人說，現在有人進佔行政院，請他跟群眾宣布，讓群眾過來。反正那時候的目標就是要讓佔領形成，所以需要大量的群眾，在短時間內聚集在行政院院區。

在整起行動前，因為我那時候是行南文協的理事長，所以我做了一個決定，衝進行政院後，我不想曝光，我要離開行政院。

行南文化協會的刊物是介紹在地社會議題的刊物，不管什麼議題，我們會去訪問在議題中對立的多方角色。我很怕我的激進角色，會讓未來我們的記者們去採訪時，受訪者會覺得行南不是那麼單純的媒體，認為背後是有運動的性質，跟那些平常批評他們的倡議者一樣，其實有既定立場可能會否定或是扭曲他們的發言，因此拒訪。甚至未來也無法進到中學去分享。我很怕行南的調性走掉，所以那時候我決定就是要把自己的角色藏起來。

後來我跟其中一個朋友說『有件事情我想問你的意願，但是它很危險，你可以考慮。我們進去之後，可能會有學生，但是學生可能群龍無首，你能不能扮演一個角色，一個是帶麥克風讓群眾有秩序地坐下，另一個是，如果他們在抓首謀時，你願意去承擔。』我朋友答應了，但後來他也沒做這件事，因為魏揚進來了，他就走到行政院大門，很自然地接下這個角色，安撫群眾、指揮群眾。所以為什麼後來三二三行政院的首謀是魏揚，其中一個原因是這個，但是他那天其實是去參加研討會，他完全不知道發生什麼事，也不知道（佔領行政院的）計畫。我覺得他道德勇氣很強，願意承擔這個角色。

那天過後，我那時候的心情是，第一個我非常慚愧，我真的不知道會遇到那麼嚴重的國家暴力，那時候還會被南社的長輩說『不然你們以為國民黨是吃素的嗎？這就是我們在八〇年代遇到的恐懼啦！』但是那時候就看到受傷的人很多，所以愧疚感很重。但是又覺得那天的情勢如果不去拉高的話，馬英九這種死皮賴臉的人，我們真的拿他沒辦法。

而且群眾其實已經很浮動了，運動決策者們又不提一個好方法，又怕激化情勢。（行政院的計畫）出來之後，他們又相信『快閃』的說法，集體憎恨我。那時候我對臺北運動圈的恨不知道恨到什麼程度，運動傷害很深。

我那時候第一個反應是覺得，在那個現場，中生代NGO對於這些行動的態度就是站在後面，看學生怎麼衝。我理解他們，是因為他們知道面對一個未知的，不知道激進到什麼程度的行動，他們怕他們的行動過於激進，或是直接參與其中，社會無法接受他們，而且他們所屬的組織會被批評。

但是那時候我覺得，中生代們又不願意去好好思考，面對這樣的局勢應該規劃怎樣的行動方案，他們腦中說不定都想得到要去行政院，但是他們不敢講，因為講了就要做，但是沒有人講的話就不會有人做。所以就變成，我想一想覺得，我要讓那個發生，那我就要去做這件事啊。如果問我運動傷害，我覺得是這個。」

第二場 B-side

（你從什麼時候／事件／領域開始關注社會運動？為什麼？）

「我指考考得很爛，五科總分加起來七十多，滿分是五百。那時覺得『到底念書有什麼屁用？』但我爸很堅持要我拿個大學文憑，我想說『算了，學費也是你付。』就去念了。

大一上學期，我都在宿舍打電動，連線玩CS、世紀帝國、魔獸。直到後來我在宿舍電梯裡看到一張DM，上面寫著『你知道資本主義是什麼嗎？』之後，我就去了跨校組織『新社會學生鬥陣』在暑期辦的跨校幹訓。

在幹訓時遇到蔡建仁，一個左統知識分子。那時候，他很激動地用左派觀點分析臺灣社會的現狀，我忘記內容了，只知道他講得很激烈、很激動，讓人感覺資本主義造成了很嚴重的影響。

下學期，我開始在學校弄議題。最一開始，我接觸到的議題是同志文學，辦同志文學影像週，放映電影。那時，電影演到同志們被關進納粹集中營，有一幕我到現在還是印象很深刻，兩個同志在鐵絲網的兩端，對視，接著就高潮了。他們太思念對方，太想要接近對方，但又不能接近，不能有任何會被納粹認定是調情的動作。那時候，我對同志完全一無所知，第一個對同志衝擊性的印象就是『同志可以這樣站著就高潮了？』

另一個衝擊是，電影還沒播完，同學就全部跑光了，所以沒有映後座談會，沒有人要跟你座談。可能當時的大學校園，要出櫃、被辨認為同志，對他們來說可能還是不安全的。原來生活中他們是這樣在閃躲壓迫。

那個暑假，我去宜蘭南山部落訪調了一個月，瞭解高山農業的產銷體系，原住民怎麼在部落生活，他們在整個工業裡怎麼被剝削。

經過那一年後，我才覺得人生好像有些意義、大學生活還滿有趣的。我想我父母至今還無法理解，我其實是為了社團才留下來，不是為了文憑。那一年對我來說，是人生的轉捩點。難忘的十八歲。

我那時加入的『新社會學生鬥陣』是一群左統的中生代組織者組織起來的，所以一開始我不是獨派。一開始我的關懷其實是『階級』。

那時候所有的視角都是階級，階級到最後，我很快就遇到一個思想上的瓶頸，就是如果一切都是資本主義的問題的話，那我幹嘛論述啊，反正結論一定就是資本主義的問題。我覺得這樣子太對不起自己的腦袋了，所以我開始不去只讀某一種左翼論述。

看多了之後會發現，不同國家的左翼他們有自己實踐的歷史，我就開始思考臺灣的左翼自己實踐的歷史是什麼。

後來才有一個嚴重的歧異是，臺灣的左翼沒有自己的思考歷程，因為他們完全接受中國的版本，反正到最後臺灣的處境一定就是美國帝國主義的影響，然後那個體制就是冷戰，那今天就是美國去扶植一個右翼的獨裁的蔣介石去將臺灣人民作為冷戰的犧牲品，在獨裁的鐵幕裡面去抵禦整個左翼政治的擴散，所以臺灣人也很可憐，所以我們就是要解放臺灣人，從黨國體系解放出來之後回歸祖國。這個論述從二〇〇〇年到現在，差不多都是這樣，完全就是一個非常機械式的判斷。

後來我開始念國際左翼的東西之後，會發現也有一些左翼是反對中國的，會批評中國現在的走法可能也是某一種帝國主義。

例如南斯拉夫的共產黨書記曾經也有批評過中國現在搞的是一種帝國主義。他基於自己的社會發展或民族發展的現實，在國際的共產主義運動當中提出自己的看法去挑戰中國。

後來我才慢慢意識到，不談民族主義問題，其實是支持臺灣被中國統一者的左派的陽謀。他們會說不需要討論民族主義問題，最重要的是階級，所有的矛盾都是階級，所以只談階級，不用談民族問題，談民族問題就不是左翼。

但是不對啊，你可以談階級問題，但你也要談民族啊，因為那個是現實，這世界仍是以民族國家為單位來運作。

一個左翼怎麼可以不談論現實？

我後來完全不相信這群左統學者的說法，是因為《德意志意識型態》裡面的一段話，『共產主義對我們來說不是應當確立的狀況，不是現實應當與之相適應的理想。我們所稱為共產主義的是那種消滅現實狀況的現實的運動。這個運動的條件是由現有的前提產生的。』這段話影響我很深，我還抄在筆記本上面。他裡面有任何的道理宣稱嗎？他甚至連你要做什麼都沒有講清楚，但他認為現狀是有問題的，只要有人感受到壓迫，這個現狀就需要被改變，所以他就自然會有目標。所以你沒辦法空想共產主義世界是什麼，也不是有個理想，我們要把現實朝那個理想去適應。現狀下有著人類的壓迫，你通過某個方式改變它，取得一個相對過去更好的生產關係或社會關係，這才是最重要的。看完這個之後，我就大徹大悟。從左統解脫後，就遇到野草莓運動。

野草莓運動的時候，我去靜坐，那時候是碩二。

我遇到一個『臺灣南社』的前輩，我才突然理解，原來支持獨派的人是這些知識分子。過去我都以為是一些中下階層的、很粗魯的阿伯。後來我才發現我對獨派的印象，其實是我的家庭給我的某種刻板印象，覺得那些人就是很粗俗、低賤，他們對未來的想法都不值得一顧也不值得一提，反正那些人就只是——像動物一樣——為了自己的利益提了很短視的意見。

我記得那時候屏科大的簡文通教授半夜還來靜坐，我跟他聊天，直接跟他說，我本來不是獨派，我的家庭也不支持獨派，可以說不是臺灣人、對臺灣人沒有認同，但我後來發現『臺灣南社』的前輩們的世界觀和想法，我很驚訝。

我記得他聽完沒有什麼表情，他可能也沒有遇過——我覺得他沒有遇過是因為，我後來常常聽到他們說，他們其實認為『野草莓運動』是他們這個世代的人可以跟年輕人對話的機會。在那之前，他們可能是真的不知道還有哪些年輕人支持臺灣獨立，又在馬英九執政下政治議程完全被馬英九決定，要跟中國統一。所以他們其實很絕望。他們從『野草莓運動』之後，到『太陽花』，才開始對臺灣獨立運動重新有熱情跟寄望。不然他們其實在那之前被阿扁傷得很深。

後來南社辦活動，我常常會跟南社的前輩聊天，發現他們其實就是一些心思純良的知識分子，他們不會想太多，他們就是真的愛臺灣，在想怎麼讓臺灣更好，然後他們會去聽很多人的想法，自己想好之後跟社群討論現在要怎麼做。

他們腦中的敘事，跟我的家庭給我的完全不同。他們腦中的敘事可能是，知道國民黨的壞，知道二二八存在過，也經歷過、知道過黨外時期很多臺灣人犧牲，為了撐開民主選舉的空間。他們也拱過陳水扁上臺，看到本土執政之後確實讓臺灣人有出頭天的感覺，但又看到陳水扁的墮落。他們整個世界觀跟我完全不同。

我過去完全不知道他們的存在，也不想要了解他們的敘事。所以那時候就覺得，認識他們之前，我與他們根本身處兩個世界，我以為『臺灣人就是要我們外省人要去死』的感覺。

所謂內部殖民是什麼？就是在族群統治上，造成了兩種族群。不只是分配上的差別，而就是擁有兩種不同世界觀的族群，並存在同一個社會空間裡面，這叫做殖民。殖民的受益者跟被殖民的受殖者活在完全不同的世界，經濟、生計完全不同，社會生活的待遇也不同，意識型態不同。世界觀跟生活不同，當然空間感也完全不同。

我的經驗是——這很個人，但對我來說是這樣——臺灣人會在意信用，會在意別人的狀態，會有一個群性，如果是我們自己村內的人，或是自己人，會想要照顧他，對人還是要有一個基本的尊重，要公平、不要佔別人便宜。

我家的教育沒有這個概念，我家的教育是『這個世界是危險的』，我們要先為自己想，我要先顧我自己，我們家族的利益優先，所以沒有公平這件事情。例如，我奶奶想要幫我『講工作』，這件事情她不覺得有什麼不對，我為了我後輩的利益為主。可是她不會去想，我今天去講了一個工作，是不是別人優秀的子弟就沒機會了。

小時候遇到颱風來襲，原住民部落需要撤離。我第一個反應就是『幹我們全部住在山下就好了，幹嘛住在山上給大家找麻煩』，完全沒有保存文化差異的想法，只覺得他們是麻煩，也完全不會想為什麼他們要住在山上。因為你會覺得住在山下是正常的，大多數人住在山下，那你就去住在山下。如果你察覺到什麼文化差異需要保存，你會覺得我比較優越，我幹嘛要保存那個要消失的文化。

通常在學理上會說，故意讓外省人住在眷村裡，不讓他們跟臺灣社會往來，但我家很特殊，我們沒有住在眷村過，我們一開始就住在臺灣的社區裡面。

因為我家是福建人，所以我們其實會講臺語，我們可以跟臺灣人溝通無礙，甚至臺灣人會覺得我們臺語講得很好聽。我奶奶的臺語講得非常好聽，人家會說，聽他講話像是在聽歌，音韻非常好聽，不管內容是什麼，你都會想要聽他講話。語言加上更重要的是外省人的身分，你甚至會自然地覺得，我講的話就是比較對。

我覺得我某部分不太在意別人想法的優越感，或是莫名其妙的自信，其實源於這個姿態。

但是大部分臺灣人因為語言上的被壓迫，所以不管內容講什麼都會被否定，甚至會因為自己的口音被嘲笑。我覺得那是很嚴重的殖民技術，因為他讓你開口就會沒有信心，如果你講話沒有信心，內容就可能會被質疑、打折。就算你有信心，但口音不是電視新聞那種北京華語的口音，你也可能會被嘲笑、被質疑。

這種內部殖民，從一開始經濟上的區隔、制度上的保障，到後來文化上整個形成，就會有兩種社群感、兩種空間出現。但我後來發現很多人其實不懂這件事情，除非像我這種可能有跨地域、跨階級、跨族群生活的人，才多少能夠理解到我講的是什麼。因此當我開始認識另外一個世界的人的生活，我感受到不是過渡性地的差異，而是決然斷裂的差異。

這些差異衝擊了我，但不是深刻撼動了我本來的價值觀，而是原來我的那些價值觀本來就一點都不穩固。因為在我原來的觀念裡面，根本沒有那些人的生活，沒有那些人真實的存在，但是我開始關注議題之後，那些人是作為跟我一樣是有血有肉的人存在。因為這樣的前提，你才會開始同理他們，了解他們的處境，對他們的處境好奇。可是在那之前，我腦中的價值觀就是——那些人並不存在，他只是一個故事，那個故事對我來說沒有任何影響。

對我爺爺來說，外省就是我跟這裡生活的人是不同的來源，我是從『對面』來的。所以他在思考時會有個自然的傾向，認為很多差異是沒有理由的。

我爸是第二代，我覺得他會有個困擾。他在這裡長大，跟臺灣人一起成長，生活在臺灣的社群裡面，他最大的困擾就是，臺灣有一群人集體述說臺灣人共同的處境時，他理解但不認可，他無法講清楚自己為什麼不認可。他可能無法察覺那邊的生命經驗是什麼，那邊的世界是什麼。他可以理解他們的述說，他可以理解他們會在一起說自己被壓迫，但就是不認同。政治局勢激烈時，他甚至可以否認對方發生過這些事情，例如二二八。他以前否定二二八有發生。或是否認某些迫害，我爺爺是調查員，例如我爺爺辦過的那些案子，他可能會說那些人本來就應該被關，因為他們想要搞政府，沒有他們口中講的那些價值追求，他們就是要反政府。

我的話，我覺得是出走的歷程。我沒有辦法像我爸那樣。我爸那個世代還可以完全活在外省人的世界不走出來，就像臺北大安區某些外省人一樣，永遠活在中國人的世界裡，出去就去歐美國家，回來就回大安區。對他們來說，臺灣就是臺北，中國就是臺灣，他們不用知道其他空間的臺灣人怎麼想。

但我沒辦法，我會接觸到更多臺灣人，我要面對這種不同。我爸還可以躲在外省人的世界、空間裡，但我無法迴避。一個是經濟條件不允許，我要去哪裡找全部是外省人的公司？我爸可以是因為他退休前待在政府機關，那時候很多都是既得利益者『講』進去的，電話一通就講到工作了，所以裡面就算是臺灣人，也活在順應外省統治者的文化裡面。退休之外，我爸就是待在家裡面，和朋友泡茶、喝酒，Line上面都是那個世界的東西，所以他可以繼續活在那個世界裡面。我爸封閉到他也不想去旅遊，有次他跟我媽下高雄，他連高鐵票怎麼買都不知道。我覺得跟他溝通最困難的就是，他一直覺得我就是民進黨支持者，可是我的思考就不是民進黨說什麼就是什麼，他無法理解這件事情。對他來說，不投給國民黨就是會投給民進黨。

我覺得這就是需要『土斷』，跟『原鄉』土斷，國民黨刻意讓這個過程不集體地發生，一整批中國移民第二代能夠在『自由中國』裡頭成長、成家，以至於土斷的狀態必須由個人去承擔，例如我在我的家裡去度過，這就形成世代之間的不理解。

之前朋友問我對轉型正義的看法時，我就說，我真的很討厭民進黨政府對轉型正義這麼溫吞的態度。因為他不把一個是否對錯的標準或敘事講清楚，就會造成我要用自己的力氣、力量去向我父親講某一個版本，他可能就不聽了。但如果轉型正義推得非常徹底，這個版本他不得不聽，我只是需要跟他討論如何面對別人的苦難，而不是還要讓他接受這個版本的存在。我相信很多第三代跟我有相同的經驗，我們都是用自己的力量讓整個社會空間可以整合。」

（除了現場的肢體暴力之外，什麼時候會讓你感覺到「國家」或「政府」是暴力的？）

「因為我身邊太多政治工作者了，我隨時都感覺得到國家。

但我感覺到國家不是因為他們說了什麼，而是你意識得到他們有一個默契，對於當前的政治議程有一個想要達到目標的默契，對我來說那就是國家。

國家可能會縱容他的支持者。我覺得1450的存在是被國家刻意製造出來的，它讓這些人民在某一種情境下慢慢地接受，要維護當局的政治議程，才能讓未來的生活更穩定。它讓這樣的一個思考鑲嵌在這些人的腦袋裡面。

所以如果有任何——不管是黨內、黨外——反對政府的政治議程，或是他們判定有害政府的政治議程推動的發言或是行動，他們都會直接跳過來貼標籤，說你是有問題的，你不是民進黨的，你做的事情對民進黨執政沒有幫助。

這些言論都會在網路上發生，對我來說，這些人都是國家。

所以國家也不只是執政黨國家，像是柯粉也是國家的一部分。

對於政治人物來說，國家就是權力本身，但是那麼象徵性的東西要怎麼讓它實體化？就必須去運用一些方法說服民眾，我運用權力對你們有幫助。

所以柯文哲、蔡英文、賴清德或是各種政治人物，他們就是要想辦法讓民眾相信他們，可以好好運用權力帶給大家幸福的生活。

對我來說他們所做的這一連串的政治行動，就是讓我們可以感覺得到國家是什麼，直接察覺到國家存在的舉動，不然國家是看不到的。

以前在運動裡，大家都會想說有人流血基本上就是運動成功了，因為只要有鮮明的受害者，被新聞媒體拍下，國家壓迫就會有實際的畫面。但沒有人會想要叫別人去給警察打。

大家習於見血就紅，問題在於，這個社會並不瞭解反抗的風險是什麼，權力如何維護自己，例如我也不知道三二三那天警察會打成這樣，三二三的佔領冒犯了馬英九，而他那天展現權力下令鎮壓，就只是展現出自己是能把公民當敵人鎮壓的權力者罷了。

我們生活在民主時代，對於權力被約束已經習以為常了，但三二三之後我發現，權力這個東西一點都不中性，它就是有攻擊性，它就是會想要侵害你，關鍵在於掌握權力的人有沒有意識，擁有權力後不去這麼做。

聰明的統治者不會讓那種事情發生，最好是連那個對峙的現場都不要出現，運用政治技術讓某些爭議消失，這樣就很難被指認是不是暴力，因為沒有人流血。

國家暴力是一種統治的意志。它可以在各種方面展現，紅綠燈就是一種國家暴力，只不過我們接受這個規範，所以我們不覺得那是暴力。問題是，當你不同意權力的行使時，就會遭遇它的壓迫。

但是現在大部分在談國家暴力，是指警察對公民的鎮壓、攻擊。我覺得這是國家暴力最邪惡的一種形式，因為它讓權力行使發生在人對人的壓制上。

我覺得對警察來說，我們的身體是髒的，像路邊的狗屎一樣，但是國家又命令他們清除，他不得不碰到我們。我們對他們來說就是狗屎，必須要清除的狗屎，不用沾到就儘量不要沾到。而女性的身體是特別稀的大便，只要沾到就會有麻煩，特別難處理。

在民主社會裡，個人的意識形態或政治意識可以用各種方式互相對話，為什麼要用人對人的壓制，讓個人的意識形態或政治意識無法對話，而是對峙？而且是要毀滅對方身體的對峙？已經不是否決對方的人格，是毀滅對方存在條件——身體。

如果今天我們就只是在意多少人被打，像是二二八多少人被打、多少人消失，或是三二四多少人被打、多少人消失，它就是一個數字而已。追究已經太遲，運動者只能減損而已。

關鍵是，就算只有一個人被打，也不能這樣做。根本不是多少人的問題，而是有一個人被這樣對待就不行。因為只要有一個人被這樣對待，就代表權力者決定這麼做。那是不是在更之前，我們就應該要剝奪權力者的權力了？而不是當權力走到叫警察來打我們時，才醒來，發現原來這個東西這麼危險。我們平常就不應該這麼順應權力的行使、政府的規範，我們必須對此有所質疑，因為它可能很輕易地就能讓後來的鎮壓的選擇出現。」

（對你來說，臺灣獨立者／獨派所追求的是什麼？）

「對我來說，獨派是一種非常個人主義的思考。

它的前提是每個人都有自我決定的權利，這個權利是天生的，在這樣的權利下，去開展、思考我要怎麼生活，再擴大到我的國家或是我的社群要怎麼生活。

這跟中國民族主義是完全不同的。中國民族主義是，我身處在集體下，我要怎麼順應大家的選擇。當然他們會有做決定的機制，但是他們會認為，在現狀下擁有越大的權力的人，他們越有做最後裁決的能力。因為一定有一個合理的理由，讓他們擁有那麼大的權力。這是完全不同的世界觀。

有些人說他沒有政治立場，但是聽他講話，他的思考或世界觀，就會知道當他聽到各種政治人物的表態時，他會傾向做某些決定或支持誰。

獨派或統派根本上是，一個人怎麼在這個世界裡思考，世界觀的差異。

這也是很文明衝突的。為什麼會有這個根本的差異？在臺灣兩千三百萬人裡面，為什麼不同家庭的教養會有不同的思考模式？那也是大政治決定的，大政治影響這些家庭的個人，他們在政治權力者做出某些選擇時，可能會面臨壓迫，或是能夠妥協的時刻，各自的家族或成員會做出不同的選擇，也有可能被迫選擇，而去面對不同的處境，所以對原來的世界觀又有新的改寫或是更堅定原來的想法。

而在內部殖民的狀態下，獨派意識就慢慢地政治化，可以被辨識出來。我們的想法、思考、方法是相同的，不只是政治選擇，而是聊天可以聊得起來的那種狀態。

如果說獨派背後的內容是一整套世界觀的話，那要是什麼？因為現在太分化了，所以無法有某個中心決定，以致於有全然擁抱進步價值的獨派，相對保守的獨派，也有尊重女性的獨派跟不尊重女性的獨派，但這就是持續進行的辯論。這也是獨派本身世界觀的開放性形成的內部辯論。

但我現在非常擔心這種開放性消失。如果擁護特定政黨的思考習慣變成主流的話，這種開放性就會消失，那去定義獨派就沒有意義了，因為它就變成只是比較你是誰的支持者而已。這種開放性一消失，獨派的社群就會慢慢分化，變成不同政黨、政治人物的支持者，獨派們在想的問題，也會各自變成當前的政治抉擇為主，甚至輕易放棄某些價值堅持。當短期的政治利益優先，獨派擁護的價值就會變成政治人物的修辭，而習於妥協的政治人物，若只會妥協又沒有願景，久而久之，獨派就會變成一個政治動員的標籤，再更久以後，就沒有人會說自己是獨派了，只會說我是誰的支持者。現在就是這樣。」

發聲練習II

「三一八那一年我高一。在那之前我就是再平凡不過的一個高中生。說『再平凡不過』好像也不是，我其實過得非常不快樂。我開始會上課遲到、不到，用社團活動的名義晚回家跑去找朋友喝酒，過得渾渾噩噩的。

高一上到高一下，對我來說就是夢想被打破的一年。因為國中時練田徑，所以我一度很嚮往走體育這條路，甚至以職業運動員、奧運為夢想，但是國中畢業後我就是考基測、免試，上普通高中。沒有田徑隊的高中，公立的，吊車尾。身邊體育班的田徑隊同學都去考了高中的田徑校隊，我沒有去考，因為我念的是普通班。老師、家長他們都覺得我的考試成績還不錯，田徑成績也沒有別人強，所以就希望我去考基測，不要去練田徑。我那時候很抗拒，可是也沒辦法，大人都反對。

三一八那一天，好像隔幾天就要期中考了，但是我準備一如往常等我媽九點、十點睡覺，就要跟朋友出去鬼混——真的是沒有意義的鬼混，就在臺北街頭晃來晃去，反正就是不想待在家裡，也不想回家——所以那天晚上就是念書念一念，大概十點、十一點時，看到這群人衝進去立法院的新聞，剛好我媽也睡著了，我就很興奮地跑出去，約了一個朋友，跟他說有這個新聞，問他有沒有興趣。後來我們兩個竟然就異想天開，半夜從內湖花了兩個多小時徒步走到立法院。我們大概一、兩點開始走，到的時候其實已經快天亮了。

那時候純粹覺得很好奇、很新鮮，從來沒有去過的立法院，竟然被學生佔領，就想去一探究竟，但是真的沒有抱著任何批判性的想法，就是去看看。

我印象非常深刻，從很遠的地方就看到『哇，好多人。』平常不會看到這麼多人聚集在馬路上，那時候第一時間就是覺得很震撼。

再靠近一點，我從青島東路往教育部這一側進到人群中之後，發現跟新聞報導的不一樣。不是一群暴民，不是一群在破壞立法院的暴民，他們是輪流地在廣場發表他們的理念。雖然我也聽不懂，可是就是『哇，新聞報導跟現實的差距竟然如此巨大。』

後來我放學後或半夜就都會跑去現場看，幾乎二十幾天佔領的過程都到現場。在那之後我就開始會關注公共事務。僅限於看新聞，其實沒有實際參與，後來還是在高中社團的時間比較多。可是在那之後我就感受到，我跟其他同年的人、同學關注的事情開始不一樣。那是開始。

更進一步的參與，甚至是人生的轉捩點，我覺得還是反課綱運動。

當時我是先看到了新聞報導，加上之後臉書有人轉貼文章——轉貼的人是我高中的公民老師——我注意到這個新聞，就去找了一些資料來看。

看了之後，不知道為什麼我就感到很憤慨。

我覺得憤慨的原因是——這個其實有點後設，因為是我後來自己回想的答案——我會覺得可能跟我以前受的教育，譬如體制讓我的夢想破滅的過程有關。就覺得，從小到大這個教育制度沒有讓我做我自己想要做的事情，我好不容易找到跑步，可是你們一樣否定我，要我去考試、去讀書，而且讀的這些東西大人們也沒有隱藏，很明顯就是要準備三年後的學測、指考，所以我對這個制度感到非常多的不滿。然後當我知道，原來課綱制定、改變的過程也是如此的草率，甚至是由少數人把持的，當然就是感到很不開心。我們已經在這個制度底下過得夠慘了，沒想到這個制度的形成也是這麼的混沌，這麼的混亂。

後來有個高中學姊，未曾謀面，但是我們是臉書好友，她知道我三一八有到現場去，所以她就跟我說『現在各個高中都在串連、創立臉書粉專來反黑箱課綱。』——就是說『我是某某高中的同學，我們反黑箱課綱』這樣——那時候臉書大概有兩、三百個這樣的粉專。學姐說，她其實已經偷偷創好了，但是沒有在運作，因為她已經畢業很久了。我是在校生，他就說給我來管理好不好，我剛好也有注意到這個新聞，我說好，就接下來管理。

接下來管理後，我就想『哇靠那我要在育成做什麼事情？』總不能就是轉新聞吧，這樣太沒意思了，我就想說那在學校辦一場公聽會或說明會。當然這也是看到新聞有別的學校已經辦了，高中生辦的，我就覺得別人做得到我也做得到。所以我就在學校辦了一場說明會。

辦說明會的過程，我也開始去了解臉書現在大概有哪些社團，去加入，了解裡面的狀況。一開始都很混亂啦，因為那種社團沒有限制誰可以加入、誰不能加入，所以也不知道彼此是誰，大家進去就是在發表政治理念，你一言我一語的，沒有聚焦重點討論。後來開始各個區域有拉出來，北區開始有學生說『我們另外組一個臉書社團，大家比較聚焦一點討論議題。』成立社團之後就有詳細、嚴格的審核，是學生、真帳號才可以加入，討論才開始比較有系統。

我加入北區的社團後，開始跟後來的那些夥伴搭上線。真的完全是透過臉書，一開始各自都沒有見過面，就是網路把我們串起來。這大概是開始。

佔領教育部只有一週的時間，那星期我都在環島，但在那之前發生了很多事。

環島前一個月，是各地的學生組織開始串聯的階段，比如去中學辦講座，或是校門口快閃。北部的學校——其實就是臺北市——有發起一個『第八節行動』，我們講好了都不留第八節，利用第七節下課這段時間移動到某一個學校的校門口，在第八節下課大家出校門時，就去發傳單、短講、快閃，講反課綱的訴求。七月初、七月中時，分別在教育部、國教署這些地方集會，我都有去，後來才去環島。

會選擇徒步環島也是因為，國三畢業、田徑夢碎的那個暑假就有一次這樣的經驗了——兩次環島都是暑假，所以我超級耐熱的，現在想起來不可思議，三十六、七度可以在沒有遮蔽的馬路上曬太陽——國三那時候我很天真地覺得，我去做一件這樣的創舉，會不會有高中的體育班，田徑隊的老師、教練來收我。因為臺灣的體育班其實收學生是很自由的，幾乎不受一般入學管道的限制。那時候異想天開，最後當然還是沒有（進體育班），一直到高中我都耿耿於懷沒有走這條路，到反課綱那時候，我就覺得『我應該放下這件事了。』知道自己的田徑、長跑成績就是沒這麼優秀，所以後來才想說反課綱再走一次，想用徒步環島的方式讓自己釋懷，算是還願的感覺。

環島其中一天，我跟朋友走到了花蓮的一棵樹下。那天也是當地的政治人物接待我們，請吃飯什麼的，我自己吃一吃就先出來抽菸，坐在一個小廟前的涼亭，有石桌、石椅，那是幾分鐘的事情，後來就繼續走了，對那個地方不會有什麼印象，結果後來我到東華念書，同樣也是吃了一間店走出來，坐著休息，才完全聯想起那個畫面——這就是當年我環島坐著休息的地方——我才把花蓮的各種空間、地景、畫面給串起來。

後來我看到新聞就會聯想起，當時我確實有經過這個地方，也有的是我在環島前看過新聞，去特別經過，印象就更深刻。比如環島時我有繞去大埔事件張藥房的那個三角形的入口，就會跟當年的新聞連結在一起，對這些事情有更深的印象。我覺得我對臺灣好幾個地方的認識，都是一步一步這樣子連接起來的。我的感受不會是新聞上那幾分鐘冷冰冰的畫面，而是真的可以浮現出那些地景、場景，甚至是如果我有住過幾天，這邊的人他們生活的一天是怎麼過的。幾乎每個縣市我都可以講出一點這個地方發生了什麼樣的問題、困境在哪裡，當然沒辦法每個都提出解決方式或參與行動，但就會對每個地方都有一些關心或關懷。

我覺得大家講步調慢快是真的很明顯的差異，但是不代表步調慢的人就過得很悠哉、很閒，而是他們一整天的時間表不像臺北這種都市上班朝九晚五的時間軸，像是雲林海線一帶，他們必須配合潮汐生活，尤其是小船，水太深沒辦法工作、養殖，太淺船又出不去，所以每天起床的時間可能都不一樣。

大概是環島的第七天，那天早上我跟朋友正在走路，要從嘉義水上走到臺南後壁，我很無聊，邊走邊滑手機，就看到（林冠華自殺的）新聞。我身旁的人都在走，除了我一起走的一個同學之外，還有一群聲援的當地居民，但是他們好像都還不知道，我不知道怎麼開口。

我沒有宗教信仰，不太信鬼神這種東西，可是我記得，在前一天凌晨，我突然很想抽菸，很想喝酒。我本來就有抽菸，可是環島開始我就沒抽，想說健康點不要再抽。前面幾天都還算正常，可是到嘉義市那天晚上不知道為什麼，我就有很想讓自己喝醉、抽菸、抽爆那種感覺。

那時候我身邊的人一直走，他們都不太會這樣子，所以半夜他們休息入睡之後，我就離開民宿，自己買了啤酒跟菸，坐在路邊喝酒抽煙到凌晨三、四點多，有點醉醺醺地回到民宿，門還被反鎖，我記得我還把同學挖起來開門。

後來根據新聞報導，其實林冠華也差不多在那個時間……他家人跟他有聊天，防範他做傻事的聊天，也是聊到三、四點，結果早上起來他的門就反鎖。

（知道新聞）那個時候我感到很無助，所以想找我媽，跟她講這件事情。但是她也嚇到、不知道怎麼辦，只是說『哎你們自己要玩得這麼嚴重的。』後來其他人也陸陸續續從新聞上看到，我們就停在路邊，有些大人也因為這件事情在聯絡記者。

那個晚上我跟同學在民宿裡面，很掙扎要不要回到臺北去。後來覺得不要，要把環島走完，對自己也是對運動、對林冠華的交代，因為出發的時候他有送我們。

那完全是一個沉澱的過程，而且那幾天剛好走到臺東的海邊，整個東海岸都是讓人可以放下很多煩惱去思考的地方，所以那段時間我就是在想『我為什麼會參與這個運動。』坦白說那個時候接下來繼續走，是給自己一個光環跟責任感，就是覺得大家退場但我這邊是繼續進行的，沒有結束的感覺，給自己一個這樣的包袱，雖然沒有人叫我要這樣做。

那個暑假過後，我覺得大家應該都不是過得很好，至少我認識的一些參與的高中生們是這樣。

我回到校園後剛好是高三，雖然是吊車尾的學校，大家也是很發憤圖強地要準備學測、考模擬考，可是我完全提不起勁。一方面我本來就沒有很喜歡這個考試制度。二方面是，暑假經歷過高強度的、沒有經歷過的事情，每天要注意新聞動態，有沒有什麼事情，如果有事情要趕快開會、聯絡記者、聯絡其他人什麼的，所以開學後其實還沒有完全恢復到平靜的生活，可是開學就要考試了。第三是，很無助地感到，暑假過去，對我來說像是打了一場仗，甚至有一個人走了，但是校園裡好像沒什麼改變，同學們一樣汲汲營營地在考試的一分、兩分上，下課會去爭老師有沒有算錯分數什麼的，這種雞毛蒜皮的小事竟然持續地在校園上演，那我們這個暑假到底是為了什麼？

我覺得十七歲經歷的事情真的太糟了，以前從來沒有這麼絕望的經驗。（嘖）可能就是很自然的覺得，有付出就應該有回報，暑假的付出應該夠多了吧，世界應該要改變啊。但沒有，世界沒有改變，家裡又是很緊繃的狀況。

我爸是金門人，我媽是苗栗人，我爸應該就是覺得自己是中國人也是臺灣人那種，可能中國比例佔更多，我媽應該覺得自己是臺灣人多一點，但也不會否認自己是中國人。我媽應該比較多是跟教育有關，我爸就跟他從小出生在金門有關，他們的思維就是他們是中國人──他們也確實就是中國人，沒有經歷過那段日本把這兩個地方區分的歷史經驗。

家庭上我覺得我爸媽確實沒有特別跟我灌輸過，我到底是臺灣人還是中國人這樣的概念，但是明顯小時候確實有一度受他們影響，認為民進黨是社會亂源，但是當時也不會連結到，也沒有任何的知識告訴我，民進黨的生成跟臺灣人這段反抗的歷史其實是有些關係的。

我印象最深刻的畫面，應該是阿扁連任的開票的晚上，我跟著看開票。那時候很小也看不懂，但是大人就會指畫面說『這個要票多才是好。』指的就是國民黨的旗子，然後『這個不好。』指的就是民進黨的旗子。所以那段時間，選舉前後路上都有標語，我都還會跟我媽指說『這個不好』、『這個好』。但是他們告訴我那樣政黨的思維，並沒有直接連結到我是中國人，或我是臺灣人這件事。

我有去紅衫軍，也是鄰居、長輩帶去的，我爸的好朋友。在北車，我爬到變電箱還是交通設施上面，跟著喊『阿扁啊落臺！』我記得那是我那時候臺語講得最順的一句話。

我爸會用很刺耳的方式形容我們的運動，而且都是錯誤的資訊，包含，他們也會說『林冠華本來就已經憂鬱症、精神病。』之類的，說『你們都是民進黨養的。』用臺語講『別人家的小孩死不完。』就是在說民進黨很壞，但我們就真的跟民進黨沒有關係啊。你已經覺得這個運動沒有一個理想的結果夠傷心難過了，家裡還有人一直攻擊你，這樣累積起來，受不了。

其實林冠華的自殺真的對我影響很深，我們那個時候是真的沒有想到，原來社會運動真的可能會死人，我們就是單純地想說開開記者會、佔領一下，了不起就像去年的三一八那樣，結束再看怎麼樣，沒有想到會有一個人離開。

那個九月我過得超級崩潰。大部分都沒去上課，在外面鬼混，有去上課幾乎也是去睡覺。爸媽完全叫不動我，學校也沒有老師管得動我。在九月底的時候，我有最糟糕的念頭就是『幹，我也不要活了。』我怕痛，不敢上吊什麼的，幹那個很可怕，我會怕。後來想說『欸，燒炭好像真的比較不會痛』所以我真的有在準備，包含臉盆先藏起來，房間要整理成什麼樣子，要不要留下信、要留給誰，甚至是最後我想去看哪些景點，我真的都有想好，也真的找了一些朋友去想看的景點，而且還是翹課去。

後來，可能我爸媽或學校老師都注意到——或沒有注意到我的這個念頭，但是他們覺得我過得真的太荒唐了，他們就有聯繫。

應該是我爸媽先出擊，他們殺到學校去。那天是上課上班日，早上我爸媽叫我去學校，我說『不要我要睡覺，很累。』他們就很生氣、很生氣，怎麼樣都要把我挖起來，我也就起來了。我出門，但是沒有去學校。他們就跑到學校去，應該是先找我們班導，班導後來找了我的輔導老師，談我的狀況。

這些是我後來才知道的，因為他們沒有跟我聯絡。聽說我爸有哭，我覺得很難想像，『靠，我爸竟然會掉眼淚。他平常是不可能掉眼淚的一個男生。』輔導老師轉述，他們（爸媽）覺得為什麼暑假過後我變成這個樣子。暑假前其實也沒有很好，可是暑假過後他們覺得更糟糕，他們也感受到了。他們覺得我暑假參與這個運動，是民進黨利用，被政治操弄，他們真心這樣認為。我自己知道不是，可是他們是真心這樣認為，所以他們很傷心，一個花了十七年養大的兒子怎麼被政治利用。那天下午我去學校，輔導老師就跟我講這些事情。那天下午我也是哭得唏哩嘩啦的，那個時候我已經有輕生的計畫了，就覺得『哇，真的太痛苦了。』可是那天後來也沒怎樣就結束了，晚上我就有正常回家。

我以為回家後又會再大吵一架，結果什麼事情也沒有發生，當然有感受到他們變得比較客氣。後來甚至其中一天我一樣說『我不想要上課，我要去北海岸富貴角。』因為我想要去臺灣的各個極點，就差北海岸那個燈塔沒有去到，所以我找了一個同學要一起去。我爸竟然就開車載我去火車站，讓我們搭火車去富貴角。

應該主要就是那天，看了從來沒有看過的風景，海，很空曠的地方，讓我整個心情、心境恢復，平靜很多。所以後來回到家後，好像就沒有再想那件事情了。

十月過後，我一樣沒有很常去學校，沒有很常去考試，就到了學測。學測過後成績放榜了，我的成績嚇到我，三開頭，我很絕望，『哇，竟然考得那麼糟糕。』我那時候又還抱著反課綱留下來的想法，覺得這個社會還有很多需要被解決的問題，但是考三開頭可以做什麼事情？想啊想就覺得不行，這個分數不知道上什麼大學，也覺得念大學可以變強，就覺得還是要有一個讓自己變強的機會，還是要跟這個體制妥協。

這短短的兩、三個月，我就去準備指考。我其實滿享受那段過程，以前沒有那麼認真地在書海當中，希望考上大學、可以繼續向前。

因為閉關準備指考，我跟課綱這件事的連結就自然而然斷掉了，包括那年（二〇一六年）的暑假，第一次選課審會的學生代表，史上第一次，考完指考我應該超閒，但我連遴選、開公聽會我都沒有去。

再回推到前一年十月，其實我就幾乎沒有follow課綱的新聞了。我沒有刻意躲避、刻意不看，可是就是沒有那麼想要看那些東西。可能就在這段過程，因為我沒有去碰它，慢慢這個東西就比較，對我的情緒影響就沒有那麼大。

可是我一直謹記——高三那時候我看到有些朋友，每天都在吃東西打卡感覺很快樂，我就會告訴自己『天啊怎麼有辦法過成這個樣子，我沒有辦法。』我過成那樣子會覺得，很對不起林冠華，就是，人家做了這種事情，最後死了這樣子，我們當初這群人怎麼有辦法去做這種……就是，我怎麼有辦法變成只享受娛樂的廢物啊，我不能變成只會去吃喝玩樂的這種人，我覺得我沒辦法，這樣我會覺得對不起他，我不可能讓自己再回到一般人、同溫層之外的人那種沒有對於任何議題（在乎）的心境或是思考模式，我還是想要做事情，我想要有行動。

反課綱之後我就對這些事情、這些公共事務或社會議題都會感興趣，所以有人問、時間允許我都去參加一點點。高中畢業後我參加一個營隊，富邦文教基金會的故事報導營，它有別於以往傳統上課式的營隊，沒有課程，就把我們丟給當地居民，跟他們一起生活，在雲林跟彰化，其實主題就是圍繞在六輕，我的那一組剛好分到一個養牡蠣的蚵農，我們就跟他一起生活。

因為我們幾乎是二十四小時相處、生活，那個時候我感受很強烈的是，這一群人他們其實沒有太大的夢想或需求，他們就是從小在這裡長大，繼承家業，學習養牡蠣，本來都過得好好的，生活在海邊，也沒有都市人那種奢侈的夢想。但是當六輕來了之後，他們周邊的人開始，有的生病離開了，農作物或海邊的收成也有影響，這是他們最直接的感受。這些居民其實也不太跟你說六輕污染怎樣，他們不知道要怎麼去處理或是面對這些事情，什麼組織、社會運動啊，更不用叫他們談污染、化學物質這些事情。

那時候我覺得『哇這件事情真是太不公平』、『怎麼會有這樣的事情』，所以從那之後開始很關注六輕的議題，後來陸續會再回去雲林、臺西這個地方，跟我那時候認識的蚵農、在地居民去聊天，幫他們工作什麼的，也辦一些營隊、工作坊，現在論文也在寫那邊。

我跟李若慈前後都參加富邦文教基金會的活動——我們沒有參加同一場，但前後那陣子參加——她可能是從中得知我對雲林海線那邊的議題也很有興趣，就來聯繫我，說想聊一聊，所以後來有一些環境相關的活動她都會問我要不要一起參加，包括「它核他們的故事（以下簡稱它他）」最開始的時候。

我覺得臺灣——即使到今日——在大多數的開發政策上，都還是去掉居民聲音的在做。當然民主化後有很多管道慢慢的發生、出現，可是大方向還是沒有，都還是由地方政府或是派系在代言。

同樣的在核四、核能的議題也是一樣的狀況，核四在建廠之初的時候，這些居民大多數也是一樣的狀況，沒有人替他們發聲，而且後來還經歷了一次的意外的車禍，撞死了一個人，也是一九九〇年前後，當地的居民去抗議，結果在拉扯過程中，有居民開貨車——他其實不是貢寮的居民，他是外地去那邊工作短居、去聲援——結果撞死了一個維安的保警。那個司機有被判刑，關了好幾年，好像是十幾年前才出獄。那件事之後還有全臺灣大逮捕，因為剛解嚴不久，貢寮的居民也慌了，想說『哇靠，撞死警察，完蛋了！』所以其實反核的參與者有躲起來，也真的抓了一批人，打了一些官司，也有判刑。所以貢寮的居民還曾經經歷過這段事情，但在主流媒體或政壇的討論就是『暴民蓄意撞死警察』類似這樣的解釋。那我就會更深刻的反省說，我們的開發總是忽略地方的聲音，用政府、媒體的優勢力量來去護航這個政策通過，我覺得這對一個民主社會來講是很不公平的事情。

所以我們（它他）才去採訪（核四周圍的）居民，盡可能的呈現他們的說法，就是因為沒有人這樣談，有人這樣談的時候就會有（濫情、文組／文青誤國、憑什麼代表居民……）這些批評，那沒有人這樣談也是我們想要這樣子談的原因。我們認為在討論公共政策的時候，不會只有數據，尤其是當我們在講要公平正義、要區域正義的時候，怎麼可以像過去大開發式思維的做法，就是『啊，我就是要在你這個地方，做一個大型發電廠，有回饋金給你，那你們就必須接受這件事情。』你當然要讓地方的聲音有機會被其他地方聽見。這也是三一一地震之後日本人在檢討的，為什麼這個地方的人是最晚被通知的，甚至福島核電廠的員工還要等東電的這些大老闆們的下令，他們才能做下一步，沒有直接的決策權利。這是一件可悲的事情。

因為在那之前我已經有六輕這樣子的認識，我就會直接聯想到，剛剛所謂的臺灣大開發時代的那種思維——畫在一個偏鄉，你們就必須要接受——我覺得這件事情是不正義的，我們想要讓這邊的聲音可以在輿論、在社會上被看見，所以選了這個方式。

我們沒有代表居民，我們是去採訪居民，所以我覺得『你們為什麼只關心A不關心B』那種批評其實滿無力的，『啊你可以去關心B啊。』我們也沒有說他們（燃煤發電廠周圍的居民）就活該、應該承受，只是當下主流的焦點在討論這件事情，所以我們選擇到這個地方去。後來我們其實是有計畫再去各種電廠，或大型開發案的周遭去採訪，我們確實有去跑了一些採訪，包括去蘭嶼，這也是我跟現在的伴侶在一起很重要的原因，我們那時候是去蘭嶼做核廢料的採訪。後來因為人力什麼的各式各樣的關係沒有繼續做。

我們不會覺得（燃煤發電廠周圍）那些人就是活該，應該被犧牲，大家都是受害者怎麼可以弱弱相殘，反而應該去檢討當時的開發主義的思維，為什麼會有這樣的思維，造成這些受害者。已經有些地方既成事實，比如說中火，我們努力的方向就應該是如何慢慢淘汰掉這些燃煤發電廠，去轉型成分散式、比較低污染的，比較盡可能往公平的方向邁進的發電方式。

會有一些人在質疑說，我們這樣子什麼開發案都不用做了，都反對、流於民粹什麼的。可是我覺得不是，反而就是因為當時都不跟人家講清楚，都不讓大家講清楚，用這種碾壓式的方式，所以大家也沒有討論的機會，也沒有去認識這個開發案的機會，現在才會出現某一些這種民粹的現象。居民很膝跳式直覺外來的東西不好——

現在沒有警總，所以大家很自然的去組織、去抗爭這些事情。但是這個抗爭到底合不合理，或者是有沒有辦法讓公共政策有良好的討論品質，確實有點負面，但我覺得這就是歷史的成因，因為你以前都不讓大家參與，現在大家有機會表達，我們就盡量表達，可是也沒有人告訴這些人我們應該怎麼表達，我們可以怎樣收集資料、可以怎樣跟政府談判。很遺憾的臺灣民主化的過程，這些地方沒有這樣的經歷，所以現在……比如我們在綠電發展上也遇到這樣的衝突，我不會百分之百擁護綠能的政策，但是因為以前的這種開發過程沒有處理好，所以現在遇到這樣的困擾。現在你裝一個基地臺，或在私人的農地鋪光電板，整村的人集結起來抗議，不要鋪，那這也不是一個很好討論公共政策的方式。

回到剛剛（對他的批評），如果我們要一直把公共討論二分，只有這些科系的專家、學者可以討論的話，那勢必就會有一大群人，而且絕對是多數人被排除在外。這些人被排除在外，又回到我剛剛說的當年那種大開發思維底下，人們沒有機會參與、被排除在外，權利怎麼消失的都不知道，再往下一步的惡性結果就是，現在大家有權利表達了，反而也不知道怎麼表達。知道怎麼表達，我覺得是一個理想公民社會很重要的事情，我們不能只有謾罵，不能只有反對，我們必須要有說服人的論述跟談判的空間，還有解決問題的方式，這才是理想公民社會的樣子。所以你現在如果要說『抱歉，讀文組的、種田的、捕魚的你們不要來跟我談這些問題，只有我們學這個的可以談。』那你又再一次的把這些人給隔開。

尤其我自己做論文時感受最強烈的是，當年在雲林整個海線畫的工業區，按照政府的計畫，雲林現在應該是沒有海可以去玩的，全部都應該變成工廠。新聞報導也說，雲林居民夾道歡迎，萬人迎接六輕。但是實際去問，大多數的居民不知道這件事情，即使是養魚的，他們也不知道自己的海邊被畫成工業區。所以你就知道這些所謂的居民歡迎什麼？其實那都是——講直接的，就是被動員來，就是派系找人來的。你說那些人他們真的懂，他們真的知道這工業區要畫在哪裡，開發什麼、幾年，他們大概也都不知道。當然我也不會說這些人很壞，他們就是被動員來的。

其實你用文學來形容我們，我有點受寵若驚，我並沒有想過我們這個東西也足以被稱為文學的一種，當時就是臉書的貼文、故事，沒有想到它其實也可以是文學的一種。那你說這個到底它有什麼樣的力量，我覺得是一個，雖然好像相對立法委員在立法院投票，或是行政院長一句話的力量好像來得小，可是它就是一個有辦法散播，讓不知道這件事情的人進入到這個議題裡面的一個工具之一，甚至它是可以留給後人的一個很好的工具。

我再講得更具體一點，以後的人要看當時發生的事情，一般人去看一個故事或什麼報導，比起去找會議記錄、政府公報，其實相對來得容易。就像我大學剛開始在讀這些臺灣史的東西的時候，除了讀白恐、二二八什麼的，其實我也看了——不是刻意去找就是不小心看到慢慢累積起來——日本時代的這些文學作品、戰後的文學作品。

比如說賴和，他們在做抗爭殖民者的同時寫了什麼東西，那感受是很強烈的，你看一百年後還可以有這樣子的力量。戰後我覺得影響我最深的就是《亞細亞的孤兒》這本書，你可以很明確看到一個知識分子，從日本時代到戰後的那個期待落空，然後發瘋的這段過程。我不用去細讀一個政治學的Paper，透過這種文字我就能看得很清楚。

近代比較有印象的，應該也是在雲嘉這一帶，這些反石化運動的作家，比如說吳晟之類的。他們都在寫濁水溪，因為那就是他們生活的地方，對臺北人來說濁水溪以前是課本上的名詞，可是人家是真的住在這附近，他們小時候都在這邊生活，我覺得透過文學有這樣子的力量，可以看到石化來的時候他們會有什麼樣的擔憂。

我覺得鄭南榕、詹益樺、林冠華……他們告訴我，時時刻刻提醒我，讓我覺得臺灣人參與政治是一個很悲憤，但是又不得不投入的過程，因為我們還沒有達成那個建立自己國家的目標，所以前仆後繼地去參與在這之中。這確實也是讓我沒有辦法離開政治工作的重要原因。

到現在，你說我會不會說『我對得起他（林冠華）』嗎？我不敢說這句話，但至少我對得起自己，我沒有讓自己變成那種，我看到可能會唾棄的那種廢人。

我去過他的墳墓很多次，大概這個忌日前後。他的墳墓在永和，烘爐地那個山上。好幾年沒去了——其實我跟他一起抽過菸，大家都說他抽綠寶馬，可是我印象不是，那到底是什麼？忘記了，我真的忘記了——我去就會帶一些吃喝的東西上去，點個香、點個菸，大家都說是綠寶馬，所以我有買過幾次綠寶馬，但也有幾次是買我自己抽的菸。我會在現場坐一下，反省一下最近做了什麼事情，這一年兩年經歷了什麼事情，告訴他也告訴自己，我沒有做出讓自己後悔的決定，我在做有意義的事情。」

發聲練習III

「三一八是我高二時的事情了，我還記得三一八的當晚我用家裡電腦看直播看到天亮，看到議場門口警察在跟學生推擠……我就是從那時候開始關心選舉。

像三一八跟反課綱這些事，因為它們都發生在臺北，所以以前就會有一種『我想要去到那個現場參與這些東西』的感覺。我當時根本不知道為什麼要念大學，我考大學主要的動機就是去玩社團，去參與這些東西。」

（你曾經提到「二〇一七年李明哲hông掠走，我mā是彼時陣開始想beh用臺語生活」，對你來說，這兩者的連結是什麼？）

「我記得二〇一六年蔡英文當選的時候，我還覺得『哦好爽哦，之後可以不用關心政治了，再也不用管這些鳥事了。』

李明哲被抓走的時候，我有一種滿不高興、不爽的感覺，就覺得想要做更極端的事情來反抗這件事，那時候直覺想到的就是可以講臺語、把臺語學會。

somehow以前很流行個人即政治，就是說我們有很多方式可以在生活中實踐政治，不一定是真的去做倡議——我可能樂於當一個什麼都不是的人，比如說臺大會有臺大學生會，會有滿不錯的人跑出來做學生自治，最一開始我沒有參與，那也不是當時我覺得很值得參與的東西。我覺得那個心態可能是有點自以為是的吧，就覺得說我要做的事情是，很微小但是很踏實的事情。臺語就是一個大家都可以來做、可以來學的一個，很強力的政治表達。所以老實說，以前會覺得我這種人要去做政治工作，想起來就覺得不可能，那時候沒有做政治工作這個想法，沒有覺得這是一個選項。

那時候會跟女朋友一起講臺語，寫臺語的日記，聽一些臺語的錄音帶——吳樂天講古之類的——其實這部分一直都沒有很順利，一直都講得離離落落（li-li-lak-lak），開始比較會說應該是臺語文社創社之後。

我覺得那時候寫臺語的日記是一種逃脫的路線。我以前寫華語的日記，內容都會比較悲傷，有一段時間的日記都在回憶跟前女友的事情。但是大學二年級後，開始用臺語寫日記，那些回憶就比較不會跑出來，因為想的是最近學臺語的時候看的、讀的東西。可能用的語言不同，你的資料庫就不同，所以會想到的事情是不一樣的，就不會自動去想到比較悲傷的書寫方式。

不過那是暫時的，我覺得久了就差不多了，這兩個世界就合在一起了。一開始是華語的世界，開始寫臺語的日記是有另外一個路線，但是最後兩個生活也是一樣的生活。

比較有趣的是，我剛認識我女朋友那時候，他也算是在一個轉換（性別）的過程。跨性別在轉換的過程中，要去學一些東西，可能要知道一些穿衣服、化妝、講話的方式，就是要學另一個性別或是跨性別本身的一些知識，甚至是可能要去認識一些女性朋友，參加一些跨性別的活動，才有辦法越來越順利地轉換過去。

那個認同的轉化不是說『今天我的認同是這樣，明天我的認同是這樣』就可以轉換過去。它不只是你內心的想法，你是要付出一些努力，才可以順利地轉換過去。這就跟學一個語言的轉換是很相像的，你可能要去學一些臺語的文字，要知道一些寫臺語、學臺語的工具，可能要交一些會說臺語、可以寫臺語文的朋友，交換一些這方面的知識。一開始你在說臺語的時候，會感覺說講得很不好、很彆扭，可能會怕別人會笑，但是後來（說得）越來越順、比較自然的時候，你就會覺得自己已經pass過去了。

我想要學臺語的另一個理由是因為，我覺得這個世界上太多人的語言跟行動的比例都太失衡了。大家有一堆語言，但都沒有什麼行動。所以就覺得雖然臺語它還是一個語言，但它somehow也是一個行動，就比較可以跳脫這個狀態，比較不會覺得說太多做太少。

二〇一八年的暑假，有個朋友不知道為什麼在高雄，就說想要找我討論事情。然後他就說要來搞事，說要創弄一個社團來做運動——因為濁（水溪）社就不獨了，所以他要弄重新弄一個獨派社團——也算是為了之後公投、選舉。他問我要做什麼事，我就說那我們要不要弄臺語文社。所以我最一開始意識到，自己要做一些比較像運動的事情應該是那時候。

我還記得第一次社團開會，討論那學期的社課安排的時候，每一個人都想用臺語講話，但是都講得很不順，差不多過了一年才開始講得比較好。所以我覺得在臺語文社交的朋友都會比較有那種『理念性』的感覺，因為連說話都要花力氣去學的時候，你會知道你們在做一件其實沒有那麼簡單的事情，會覺得，大家都願意去付出這些東西、做這個運動，已經是這個世界裡面非常少數、有跟你一樣的想法的人，就是『我們就是自己人。』那個東西很純，我覺得那是很有趣的事情。

還有一個特別的點是，我們在講華語的時候，因為我們的華語都已經很好了，所以知道一些比較細緻的東西，可以表達、表現我們的想法。那些東西可能是好的，也可能是讓你覺得煩的，但是講臺語的時候，因為你就比較沒那麼熟，所以你的表達方式可能是你比較不會的，可能看起來會比較不習慣，可能講話就比較卡或是怎麼的。但是那個比較卡的過程，還是有人願意跟你一起度過，其實是很好的感覺。」

（你對二〇一八年的選舉、公投」的印象或回憶是什麼？）

「我可能本來就稍微知道公投不會過，但我沒有想到高雄市長也會（選）輸。我一直都覺得韓國瑜選上高雄市長這件事情不可能發生，到選前我都覺得不可能發生。那天我跟一群高中朋友在高雄的某個地方看開票，看到很晚。先是高雄韓國瑜當選，再來是柯文哲當選，然後早上起來就搭公車回家，很累。我忘記那時候是什麼想法了，覺得很莫名其妙，我記得後來好像就是默默發了一個噗（浪），說什麼『給我三十年，以後一定讓臺灣獨立。』之類的。

我覺得那是一個會讓人沒有那麼信任理性的轉折。差不多就是那個時候，跑出很多現在回憶起來非常保守的言論，有些瘋狂檢討同志運動的文章。就會有一個瞬間覺得，好像理性討論沒有什麼用，反而這種保守的言論是比較符合現況的，現在就是需要這種東西。

我說的那個不信任somehow是對整個知識界的不信任，就覺得說『幹，有知識的人講的話都沒有符合事實。』實際上學術圈或知識界，對於理性的反思其實是很多的，大家都會說啟蒙理性是怎樣、怎麼不好，但我覺得那時候是會對這整套東西都不信任，覺得你們都沒有真實地改變這些東西，講得那麼好聽最後還不是一樣，我們就是選輸了，輸得很莫名其妙。

我大概二〇一七、一八年的時候都還很喜歡後殖民、德勒茲、Spivak。好像大一就很喜歡傅柯，喜歡傅柯之後就去念德勒茲。因為後現代、後殖民somehow被認為是最新的東西，所以那時候就很想知道他們在講什麼。

Spivak有一篇在人類學界滿有名的論文是《從屬者可以發言嗎？》，那時候會覺得『喔，這是一個很critical的東西。』好像很有一回事。然後德勒茲就是因為他很瘋，念起來也算是有趣。但是後來我二〇一七年底到二〇一八的暑假開始學臺語文，大概二〇一八、二〇一九年就開始不喜歡這套東西。

像怎麼說，德勒茲有一個東西叫『少數文學』，引用卡夫卡，就是說卡夫卡必須要用德語來寫作，但是德語不是他的母語，所以他就必須要跟語言奮戰，反正就是類似這樣的概念。就有人用它來解釋一個臺灣畫家的畫作裡面出現的臺語火星文，就說，這也是一種用臺語來解構華語，但是又沒有要變成真的國語的概念。我就覺得『幹三小，什麼東西？為什麼是這樣子？』好像我們的目的只是為了要解構，沒有想要真的做出什麼改變。我就覺得『不對啊沒有啊，怎麼會是這樣子。』

其實不只這樣，我覺得現在很多時候只要你講出『臺語應該是我們的語言』，在這件事情上特別容易會發現，臺語文運動主張的語言跟認同的連結——臺灣人應該講臺語——非常容易被解構主義者或是比較相信這一套的人視為是一種『去脈絡化的個人主義』，而不是實際關懷語言怎麼被使用或臺灣人如何生活。

語言運動其實是滿重視社群的東西，語言權作為一種group right，有時候會被人認為和個人主義有所衝突，但弔詭的事情是，臺灣的臺語復振運動者倡議的『態度』，那種想要讓語言標準化、現代化的心態，很常會被批評沒有實際去理解語言怎麼被使用。在這個意義上語言復振可能是『個人主義』的，因為他認為個人應該要可以學會和使用自己的語言。

我自己覺得這比較像是有念書的人不想學臺語文的藉口：你們沒有重視我們真實的處境，了解到為什麼我們沒有辦法學或寫臺文，只想把語言運動的標準強加在個人身上。

所以從那時候開始，就覺得沒有很喜歡這套東西，尤其是韓國瑜當選這一串下來會讓我整個人更反智一點，就會想說『欸幹之前講得那麼好聽，結果什麼都沒做到。』

但是我後來會想起的其實不是選舉本身，而是選輸之後那一連串的行動，像是去抗議啊、鋸馬腳啊，然後大家在那邊討論，很憂慮。我覺得是很重要的一個因素，這些回憶對我來說、對我個人的影響可能大於選輸這件事情，後來選輸這件事已經有點消失在我的世界裡的感覺，我已經不會想到這件事了。

那時候韓國瑜選上後，應該是馬上就去香港。我還記得他去香港時，很多人去機場跟他抗議，那時候的想法就是『欸幹，這個人當選對臺灣來說是很危險的事情，如果他變成總統……』然後馬上就是香港反送中的事情爆發，整個人就越來越覺得自己要有所行動。

我有個朋友就覺得，我們以後會變成香港那個樣子，他就說『我們要開始學怎麼做燃燒彈。我們現在就要開始準備，不要變成像他們那樣。』後來我們會一起慢跑、重訓。

我以前從來不覺得，練好身體去打架這件事情是一個選項，但是從二〇一八年之後它就是一個選項。因為實際上你就很需要（練好身體），去衝場或是去鋸馬腳、去抗議，如果你（身體）不好就是會被警察抓走，但如果你很重或比較壯，就可能可以更順利。

鋸完馬腳之後，我出車禍腳斷掉，坐在病床上，看朋友衝去高雄堵韓國瑜的影片，我就想，以後我就是要找一個正常的工作，練身體，可以去衝這種場，去揍人。

就是，整個人變超怪的。反正那時候就開始很懷疑，那種符合常規的，參與政黨、做宣傳、幫忙選舉、倡議這些正常的方式是有用的嗎？我就覺得沒用，就是要去打人才有用，那時候整個人超怪的。

那時候真的很怪，而且那時候肯定不是只有我這樣想，也有很多人這樣想，覺得應該要練身體去打人。你會覺得溝通是無效的、沒有意義的，『幹，就是要打人才有意義。』而且其實不只是我們……我記得好像不知道誰辦了什麼活動，被統派鬧場，甚至還有一次有人在中正紀念堂辦講座，找我們去當類似保鑣（的角色）。那是個情緒張力很高的時候。」

（你開始做政治工作的契機是什麼？）

「很明顯的一個狀態是，從二〇一八、二〇一九年之後，社會運動者的影響力是直接被政治幕僚給碾壓的，這可能是我片面的想法，但就覺得，在臉書上或其他地方，政治幕僚或政治粉專的傳播率、被大家接受的程度，都高於一般關注議題的人。對於時事議題的討論，好像還是政治類、政治目標的東西是更被大家接受的。但我猜如果是在二〇一四年到二〇一七年左右，應該不是這樣子。

我覺得二〇一八年絕對是一個巨大的轉折，出現一堆這種政治類的、匿名的粉專，大家對他們、對這個言論是有需求的，大家都想看這個東西。我覺得這是一個社會運動者正在走下坡的年代，反正民進黨執政社會運動就是會走下坡，完全沒有話語權，大家都沒有要聽你們說話，大家比較想要知道政治幕僚怎麼想。

那時候臉書上很多政治文，這些政治文的資訊其實都很少，現在也是，大部分政治類文章的資訊都很少，跟我們念過的書也沒有什麼關係，就是，不知道這些人哪來這些資訊的。然後因為他們做政治工作，所以他們的話好像就變得有正當性，好像是更符合事實的。我就覺得，如果選輸韓國瑜這件事對我的影響這麼大的話，那好像也可以嘗試看看做政治工作，去知道這些人到底在幹嘛。選舉完之後，這件事情變成了一個選項。

當兵時有次我放假回來，去灣流音樂節，那一次就遇到一個朋友，我跟他說『我現在很焦慮畢業找不到工作怎麼辦。』他就說『基進現在可能會有缺。』反正當兵那時就決定要做這件事，畢業後就一直去接觸基進，然後去面試。

因為當兵前我就搬回家了，畢業後我就只能待在高雄，但是我想要趕快回臺北，隨便找個工作在臺北待下來，因為回家就是放棄這些臺北的生活。結果工作之後，他們知道我其實住在高雄，就叫我待在高雄就好了，我就真的待下來了，到二〇二一年的八月、九月我都還待在高雄。

那時候進去的職稱是中央黨部的專員。有什麼新聞發生，就發一些臉書文章，認識一些黨員，辦一些活動——大概一兩場而已，沒有很多——其他時間就是待在高雄，幫忙處理一些立委的選民服務、透過立委職權跟行政部們索資和議題研究。後來解封我就上去臺北了，但才過了一下我就被調去臺中打反罷免，打了大概快一個月，打完就回去臺北弄四大公投的路戰，帶志工，幫忙開記者會之類的，隔年去幫忙地方選舉。

像我們這種小黨的政治工作者，幫候選人選舉時才比較像是在做政治工作，其他時候就是一個混沌不明的狀態，既不像在做政治工作，也不像在做一般的NGO或社會運動，就是介於這幾個之間——政治工作跟選舉畢竟是綁在一起的，它唯一的判準就是選舉結果，這就是最終的判準，它的回饋不是錢，不是賺很多錢所以你就做得很好，要選上你才做得很好，政治工作的回饋機制跟社會運動的回饋機制是不同的——比如後來在打議員選戰的時候，參照的是那些一起幫其他候選人打選戰的團隊。那是一群政治工作者在幫一群候選人打選戰，會有各種選舉行程，會跟候選人之間有些連結，你們會討論選舉的事情，它的選舉導向是很強的，也比較符合我心中對於政治工作的定義。但二〇二一年剛進來時，主要就是寫寫文章而已，沒有什麼關於選舉的政治判斷，那時候做的事情很不像政治工作者。

政治工作經過兩、三年下來，我體驗到它的核心是，你的判斷要跟你的團隊是同步的，寫文章、拍影片、辦活動這些都是技術性的細節，但是你跟你的團隊之間有沒有比較接近、大家都同意的政治判斷這個才是它的核心。等於是政治工作者的核心就是要說服團隊內的人，再去說服團隊外的人。

為什麼它不是政治評論，政治評論者可以不用有團隊，可以怎樣講都可以，講得很高明、很聰明、很厲害、很複雜都ＯＫ，但是那不是政治工作。政治工作是你要讓你的團隊都同步，一致都判斷『我覺得這個ＯＫ。』這才是政治工作，至於什麼去跑行程、發文、跟別人盤撋（puânn-nuá），那些都只是技術性的東西，雖然它是一個很重要的細節，但它不是政治工作的核心。政治工作裡面，唯一不能取代的就是你跟你的團隊的同步。

以前我會覺得跟別人分享自己的想法是一件好事，就算想的事情沒有很確定，沒有想得很懂，也沒有很明確的目的，但你還是會跟別人講。但是工作之後，其實所有的話都要很肯定，判斷都是為了工作在想，所以就不會把那一部分的自己表現出來，不會再講這種發散到不行的話。」

（對你來說，「政治工作」和「社會運動」的差別是什麼？）

有幾次跑行程的時候，我遇到前輩說『你看我們現在去那種民進黨的活動啊，都有動員來，都有大帳篷，人都是各地用車載來，啊我們以前都不是這樣，我們都是淋著雨，雖然是什麼律師也是跟我們一起來淋雨，穿草鞋跟穿皮鞋的都在一起。』他們會懷念以前黨外大家願意共患難的那種情緒，去造勢的時候不會都只有動員的群眾。

有時候我也覺得，我們這些黨工跟政治人物的關係也很像那種黨外的類比——我們其實是沒有什麼理由會認識的人，但就是因為這個嘗試想要模仿黨外運動精神的政黨出現了，所以我們相遇了，但我們相遇就跟當時的黨外運動的時候很像，就是一群菁英跟一群在附近的人遇到的時候，如果你沒有那個能力的話，你最後還是用過就離開了，什麼都沒有留下來。大家都知道說穿皮鞋跟穿草鞋在一起，是一個暫時的幻想而已——不過基進其實滿多候選人是志工上來的，其實相對來說是比較沒有階級差異的政黨了。

社會運動多少還是跟友情有關係吧，大家比較像朋友。做社會運動比較像是志工，像是辦四大公投的街頭宣講、發傳單時，大家會來當志工，那些來當志工的人可能覺得他們是在做社會運動，但對我們來說我們在做的是工作，這件事情是有責任的。我覺得差異非常、非常大，大到一個瘋掉的程度，但是我可能講不清楚。

之前有個志工說自己學回臺語，告別時他說『臺灣獨立！』，說『這四個字的意思沒有很多人知道。』志工的眼神……他們的付出基本上是不求回報的，這件事情應該對他們來說是一件快樂的事，對我來說是一件很感動的事情，因為我以前也有當過基進的志工，我也覺得我來做這分工作就是希望自己可以追求這分付出之後，感覺到這分無私的感覺，為了理念所以做了這樣的決定，是好的。

但是實際上開始做了工作的時候，好像會一直需要想到自己，你不可能一直保持在一個無私的狀態，你不可能只是付出，你一定會想要知道自己做得好不好，這個人有沒有喜歡我，他對我的評價怎麼樣，別人對別人的評價怎麼樣，所以你就很難維持在那個比較單純的狀態。

更複雜的想是，候選人他們講的話都是有某種非關個人的理念性的部分，但是當你實際跟這個人一起工作的時候，你發現他的判斷是有問題的、是錯誤的，但他不會去回應他的錯誤的時候，你還能夠相信他是無私的人嗎？你其實沒有辦法去相信他是無私的人，如果他是無私的人他應該會知道自己做錯事，他願意去聽別人的意見，但他不願意。

所以這個組織它的向心力就會是一個凹槽，內核的人可能彼此都很有向心力，他們是受信任，很一致性的信任，那外面的人——像我們這種黨工——就沒有辦法相信你是一個為了理念而一致的人。但志工們有這個機會聽到（候選人講的）這些話被感動、來做事，他們一定是很認同這個組織的。

所以我覺得我的位置就很尷尬，一方面我要看著這些志工他們是這麼喜歡這個組織，覺得這個組織很棒，這個理念很棒，這也是我曾經覺得很棒的東西。但當我已經到了黨工的身分，要面對這些為這個理念發聲的人錯誤的決定的時候，我就覺得我沒有辦法去喜歡，或覺得這個人真的是完完全全是個好的人。

我們可能沒有一個比較成熟的模式，決定什麼人在什麼位置，所以我常常會覺得有些人的位置是不合理的，他不應該是在這個位置。可是這不是我要的啊，我想要做的事情是付出，我不是想要去知道到底你是合理或是不合理的人，這些多餘的資訊它理應不是多餘的資訊，它是你的工作的一部分，你需要去面對這個狀態，但你會覺得，這不是你的本意，大家來這個地方工作是希望可以付出，而不是希望去參與這一坨對別人的評價、判斷之中。

在我離職前還有另外一個同事也離職了，他是一個三十六歲，都在打零工過活的人，他本來的人生夢想就是去海邊看海——我前天去爬擎天岡，突然就覺得在山上的人好自由喔，大家都是平等的人，因為回到工作的時候，你就覺得自己是個次等的人，但去爬山的時候就是個比較自由的人——其實他送貨就好啦，幹嘛來這邊做這麼累的工作。我覺得這個狀態好像在理念型的活動特別容易出現，就是你跟這些人相遇了，但你們其實只是暫時的相遇，你們其實還是不同的人。」

（那，你覺得「愛」是什麼？什麼是「幸福」？）

我記得我開始寫日記是在我讀完駱以軍的《遣悲懷》之後，覺得『嗯，好像可以開始寫一些東西』所以開始寫日記，一開始是紀錄今天在幹嘛，然後越寫越長，最後就變成你看到的那樣。那時候我跟第一任女朋友——我的國中同學——已經很難見面，但我在寫日記時，就會一直去想『可是我好喜歡他喔。』也不知道為什麼喜歡她，因為根本沒有常見面啊為什麼喜歡她，但就覺得很喜歡她。

那時候會覺得『這個人是我國一喜歡到現在的人』，所以我就以為談戀愛等於喜歡這個人。我不知道什麼是『愛的普遍意義』——可能也沒有這種東西嗎——我只知道喜歡這個人是長這樣子，愛就是愛這個人。

我覺得這應該也是兩種不同的想法吧，一種是『這就是命運』，我沒有去選擇，我就是接受它。另一種是你認真去想，你要愛誰、跟他在一起，但我好像從來都是比較接近前者。因為是初戀，所以你不知道到底她是唯一的，還是她是其中之一的。我記得那時候我的認知就是覺得，我好像不知道什麼是愛，但至少我以為的愛就是愛這個人，我不知道愛其他人是什麼意思。

反正我那時候最愛讀的就是駱以軍的小說、邱妙津的小說，但《遣悲懷》在寫什麼我現在完全想不起來。

如果我還記得邱妙津什麼的話，我覺得就是成人生活的概念，我高中的時候很嚮往成人生活，就是像他寫的那樣。他寫的實際上是什麼我也不知道，但是會有一種成人生活的想像，就是可以過得像成人一樣，想要很自由的活著。那時候覺得『我要當一個極端之人！』所以上大學之後就認真在談戀愛，然後就身體很差，成績很差，一直在二一邊緣，就滿失敗的。

那時候我覺得小說是真的啊，它是會影響我思考我的人生的一個東西，一般來說小說只是消遣，但不是欸，以前念完小說之後就覺得『原來這就是成人生活，我希望我的生活過成這樣。』大一的時候會覺得自己學會租房子、跟第二任女朋友一起同居就是成人生活，但其實根本不是。

那時候其實不懂怎麼生活吧，大一在臺北真的不知道去哪邊吃飯、去哪邊買東西，會覺得努力想要過一個好的生活，但其實根本就做不到這件事情。

你有看過《秒速五公分》嗎？就是那種小時候喜歡一個人，那個人長大之後就轉學、搬走，然後就一直想要找到他。因為如果你是小孩的話，你對命運是不能控制的，你要去哪是

被別人決定的，所以基本上談戀愛就是要去對抗這個你無法控制的命運，你不知道你會去哪邊，你跟這個人就是會這樣分開，但是你們想要持續維持這段關係下去。

某個意義上來說，好像每次談戀愛其實都是這樣，比如大家上大學之後本來就要過各自的生活，你還想要去對抗這個狀態，繼續保持高中時那種很黏的狀態。所以變得好像愛一個人就是要對抗這個命運、狀態，對抗這個條件，變得像是愛一個人就要去想辦法克服這些，人的不知道自己要去哪邊的狀態，跟他在一起。好累喔，但是好像又沒辦法。

如果你是一個文組，你要怎麼跟一個人過快樂的生活？這件事情好難哦，我根本不知道我要怎麼去思考六年之後要幹嘛，要怎麼度過這六年，我也不知道六年之後我會在哪裡。

我大哥、二哥在竹科工作，他們會瘋狂去玩，瘋狂去衝浪、潛水、出國玩，這種

生活是我不可能過的生活，根本負擔不起。如果我到三十歲之後，還是月薪四萬塊、三萬塊要怎麼樣過幸福的生活？

以前覺得這個東西是可以克服的，現在就完全知道這些事情不可能發生。感覺跟前女友分手後，我就放棄去思考自己未來到底會在哪邊、在幹嘛。

黑夜與白天

兩個月前，我住進了一間八坪大，有著大片落地窗和陽臺的頂樓加蓋套房。

擁有自己的房間有許多好處，其中之一是我可以光溜溜，甚至滴著水從浴室走出來，坐到沙發上，不受任何一點打擾。對我來說，這象徵著在這個空間，我就是至高無上的規則，這種感覺實在非常美妙——可以說，我之所以願意和以喜做愛，全都是因為「我擁有一間屬於自己的房間」。這是以喜絕不會知道的。

一次，以喜來的時候正好滿月，我們就這樣在陽臺席地而坐，灌下一口又一口的啤酒，看向漆黑的天空。

「很久以後，我會想起曾經在這裡跟妳看月亮。」以喜說，而我想——我將會在這裡看無數次月亮。在這間房間裡，月亮和床都不會使我想起你。

所以我毫不避諱肆無忌憚地和以喜做著浪漫的事——我替他吹頭髮、按摩，甚至在他某次眼睛手術後，我們一起把椅子搬進了浴室內，讓我替他洗頭。

這段時間裡，我抱持著一個信念——一個人如果想要活下去，最好有那麼幾個特殊的欲望——可以說，為此我有意地維持以喜在我人生當中一個特殊的位置上。我曾看過一本書，書名就這樣寫：《雖然想死，但還是想吃辣炒年糕》。辣炒年糕沒什麼特別的，沒有人會因為吃不到辣炒年糕而想死，卻可以因為辣炒年糕而保命。每當想到這裡，我的腦袋總會浮現玻璃杯裡冰塊邊撞擊邊溶化噹噹作響的美妙畫面。

而辣炒年糕之所以可行，在於人對它的慾望有其上限。親愛的以喜，我的小辣炒年糕。

每次和以喜做完愛，擦拭彼此身上的體液後，我們就會開始分享過去的情史。說來說去，「我的情史」總是和以憂有關。

有天，我指著我的上胸、靠近心臟位置的那朵彩色彼岸花說：「去年和他分手後，我刺了第一個刺青。」

「傳說中，通往地府的路上開著大片的彼岸花。死後，人們會走過這條開滿彼岸花的路，把記憶留在路上，長成另一朵彼岸花。而過了那條路，就是底下奔騰著忘川河水的奈何橋。」我說，「彼岸花有著能夠喚醒死者生前記憶的能力，而要走過奈何橋就必須喝下孟婆用忘川河水熬成的孟婆湯。」

「那時候，我想著我再也不要記憶了。所以我讓胸口長出一朵彼岸花。但我記錯了，彼岸花象徵的不是遺忘，而是記憶。或者說，遺忘前的最後一次記憶。」

以喜挑了一下眉毛，「難怪妳到現在還忘不了。」

「你很煩欸！」我大力咬了下以喜的胸口。

「不管，我要接著說刺青的事情。」我抬起頭說，「刺青之前，刺青師讓我選喜歡的歌，我選了Deca joins的《浴室》。」我看向床頭的藍芽音響，「不如現在來播？你覺得怎麼樣。」

那時，我的腳跨在以喜的大腿上，臉貼著以喜的胸口，兩人就這樣躺在床上，一遍又一遍哼著：「我就是你的人／而這就是我的人生」。

「這個場景好好笑。」以喜突然說。

「你說我們做完後，一起在床上唱這麼浪漫的歌詞，結果完全不是想著對方而唱嗎？」

「對啊，滿荒謬的。」

「不覺得很棒嗎？」我說。

「刺胸口會很痛嗎？」

「嗯……其實每一下都沒有那麼痛。」我用手指撫過胸口，「可是它們會在身體裡面不斷累積，最後我的手已經從平放在旁，變成緊抓著刺青床的邊緣。」肉眼看不出來，刺青上有著凹凸起伏，「我在刺青床上躺了兩個多小時，終於刺完後，刺青師在上頭抹了藥膏，又包了一層保鮮膜。那個畫面像是我剛動完什麼心臟手術一樣。離開時，我手上拿著一條刺青師給我的施美藥膏，一邊默念『前三天輕輕搓洗，三天後用水帶過，洗完保持乾燥，不要接觸不乾淨水源，不要喝酒，會癢就抹藥膏』。後來大約一個月的時間，每次洗完澡我都得小心翼翼地在胸口抹上藥膏，簡直像在照顧什麼不得了的傷口。」

「欸，這讓我想到一個說法。」以喜說。

「什麼說法？」

「我之前去刮痧時師傅跟我說過，刮痧、拔罐或拍打，可以把從小到大身體受的傷，長在筋膜之間的氣節、腫脹或痠痛挖掘出來處理。他說這就叫『吊傷』。」

「所以，刺青就是我的吊傷？」

「師傅聽了會生氣吧？」以喜笑著說。

「所以，妳跟他為什麼分手？」

我說不出話——我和以憂為什麼分手？那一個決定性的瞬間，是我打了通電話給以憂，「我們還是分手吧。」我說，而以憂接受了。可是這一切究竟是怎麼發生的？我始終沒有清晰的想法。

以喜翻過身，手撐著頭，看著我說：「要抽菸嗎？」

「好啊。」我說。

我們走進陽臺，抬起頭，正好又是滿月。

在我和以喜的關係中，除了「我擁有自己的房間」，另一件事也至關重要：儘管我們沒有特別約定，以喜總是在下班後到達，並在隔天上班前離開，也就是說——在我們的關係裡，只有黑夜，沒有白天。

這聽起來是件悲傷的事，然而，我可以向任何人保證，一段「只有黑夜，沒有白天」的關係實際上——非常美妙。

我感覺自己擁有了一種雙重的生活。

白天，我行走在人聲吵雜的校園，正襟危坐地聽課、抄寫筆記。夜晚，我回到八坪大的套房，當以喜提著啤酒進門，關上日光燈後，房裡就只剩下落地窗外的月光的稀薄的昏黃。

在酒氣中，我們接吻、愛撫。在濕漉中，在以喜的挺進中，我感覺到自己的身體。

而這一切都在落地窗外的月光的稀薄的昏黃中進行——我終於將身體還諸它昔日的黑暗。一副光明的身體總是有著一雙身體之外的眼睛。那雙眼睛不存在於畫面之中，如同畫家不需要在畫布上標示光源，因為光不在任何地方——它就在陰影之外。

唯有當那副眼睛處在身體內部，從那裡往外看，它才會看見全然的黑暗。在這樣全然的黑暗之中，黑暗即是身體，身體即是黑暗，而那雙如同上帝的眼睛，終於回到了身體之中，最初的黑暗之中——在那裡，只有噗通噗通的心跳聲或者咕嚕咕嚕的胃鳴，沒有語言，上帝只是一團沒有嘴巴的黑乎乎的東西。

倘若有人認為這樣的想法過於瘋狂，那只是因為，在現代社會裡，還諸黑暗已經從行動退回了思想。我們會唱著「他用石頭幫街上關燈／漆黑的道路上沒有寂寞的人」，卻不曾有一顆石頭真的向路燈飛馳而去。然而，在十八世紀後期的巴黎，當街道上懸掛於纜繩上的蠟燭燈籠，搖搖欲墜的光被煤氣路燈持久穩定的光所取代，「白晝之夜」劃開了城市與鄉村、普通市民與特權富裕階級後，人們開始破壞燈具，讓街道重回最初的黑暗之中。

然而，當我回顧我和以憂做愛時，又感覺完全不是這麼一回事。我和以憂的關係，幾乎可以說是只有白天，沒有黑夜——即便是做愛的時候，我們都開著燈。我會看著以憂的眼睛，替他擦去額頭上的汗珠，而他會將我的裙襬掀到大腿之上，讓我的雙腿和陰部對著他裸露出來，然後他會說：「妳知道妳的身體有多美嗎？」

如果說一段只有黑夜，沒有白天的關係實際上非常美妙，那麼一段只有白天，沒有黑夜的關係呢？它能夠以「美妙」或「不美妙」定論嗎？我認為，它必然有著「美妙以外」的東西：做愛時懸掛在對方額頭上的搖搖欲墜的汗珠，以及——被一雙身體之外的眼睛看著的——裸裎的雙腿和陰部。

我和以憂是以「一副光明的身體」相愛的，因此，那雙眼睛始終在看，而——無論我們是否留意——我們的身體上始終有著陰影。我們感覺自己有必要對那雙眼睛負責，也要求對方對那雙眼睛負責——那雙眼睛既是上帝的眼睛，也是世界的、社會的、歷史的、政治的、人類的眼睛。

我們就在那雙上帝的、世界的、社會的、歷史的、政治的、人類的眼睛下相愛。

我們望向對方，就是望向了那雙上帝的、世界的、社會的、歷史的、政治的、人類的眼睛。

我們要愛對方，就要愛對方身體上的那雙上帝的、世界的、社會的、歷史的、政治的、人類的眼睛。

§

這天晚上，以喜不會過來。

我打開門的時候那樣安靜。

那樣安靜，彷彿空氣在我開門的瞬間被抽空，我感覺無法移動，很久，只能倒在床上。

每當這種時候，我就會強烈地意識到我的黑夜不過只是白天的延長——不，更誠實地說，是我的時間失常了。

我不願意承認，然而我知道：從「那一刻」開始，我成了一個倒置的沙鐘。

我原以為，生命是一個沙鐘：流沙流光，死亡倏忽而至。

流沙流光有多久？必然和阿公阿嬤外公外婆一樣久。阿公阿嬤，外公外婆，好老好老。有一天我也會好老好老。

那一刻之後，我才知道，生命是一個沙鐘，意思是：天地倒轉，我腳在上，我頭在下，我的腳最接近天堂，我的頭最接近地獄。沒有人看出來。（我感覺有沙在體內流淌，例如現在。）

倒轉之前，過去過去，現在現在，未來未來。倒轉之後，過去未來，未來過去，現在？現在是一粒沙從未來往過去飛奔而至。（現在，現在，以及無數個現在。）

如果可以，回到二〇一九年一月十五日以前。以憂，如果我說，不要分離。（現在是一粒沙從未來往過去飛奔而至。）

倒轉之前，二〇〇〇，我出生，有父，有母，二〇〇〇就是零。二〇一九年一月十五日，天地倒轉。二〇一九年一月十五日，也是零。（現在是過去。）

兩個零，一個在前，一個在後，就是無限。

（過去，過去，以及無數個過去。）

喘息之中，身體蜷縮，我將大拇指指甲用力抵住手掌與無名指的交界，握拳。感覺痛。

§

兩天後，我突發奇想地對以喜說：「把我固定起來吧。」

於是我們開始翻箱倒櫃，尋找能把我固定起來的任何東西。最後，我在抽屜深處找到了搬家時留下的一捲透明寬膠帶。

膠帶在空中劃出一道拋物線，落在以喜的右手上。我關掉日光燈，躺到床上，微笑地看著以喜，「好啦，來吧！」

以喜抽出一張衛生紙，對摺，覆蓋在我的眼睛上。接著用膠帶在我的頭上不停地繞圈，發出斷斷續續的啪嘶聲。我感受到膠帶細微地拉扯著我的頭髮——照理來說，我應該要為結束後必須小心翼翼地從頭髮上撕除膠帶時的拉扯和疼痛感到麻煩，然而，當時我已經迷醉在這即興遊戲之中。以喜拿到膠帶後，首先想到的不是「把我固定起來」，而是衛生紙，他想到的是用衛生紙和膠帶取消我的視覺！

突然，以喜抓起我的左右手，我感覺到兩隻手向後拉伸，最後被一手按在床頭的木架上，聚攏在一起。頃刻之間，又是一陣啪嘶聲，並非斷斷續續的，而是綿延不絕不知盡頭的啪嘶聲。在這樣的啪嘶聲中，我領悟到一件事——取消視覺後，我產生了一種其他感官被增強的錯覺，我異常清晰地聽見膠帶與膠帶逐漸分離、聞到以喜胸口的沐浴乳香氣、感覺到以喜的上衣拂過我的臉頰。然而，我的其他感官並沒有被增強，而是取消視覺連帶地取消了我的預測。我不是先看見皮球在空中劃出一道弧線，才在被皮球砸中的瞬間感覺疼痛化為真實，而是直接被皮球砸中。換句話說，取消視覺使得一切都成了「偶然」。

於是，我在偶然與偶然的疊加中和以喜做愛。

那一次的性愛，所有言語都無法形容。

事後，以喜說衛生紙膠帶一事（我喜歡這樣稱呼它，因為衛生紙膠帶一詞的組合詭異而滑稽）完全是出於偶然——當時，他的鼻子突然一陣發癢，抽出衛生紙後，那陣癢又輕輕地從鼻尖溜走了。「我的表情一定很醜，醜得讓我想讓妳看不見。」他說。

米蘭．昆德拉說的沒錯，「沒有人會相信，我們生命中的愛情是某種輕飄飄的東西，是某種沒有任何重量的東西」，唯有在這個場景下——這個無關愛情的場景下——我第一次體會到偶然的輕飄飄的沒有任何重量的東西的美妙，也就是在這個場景下，我向自己發誓，我絕不會愛上以喜。我親身見證過那些我視若珍寶的輕巧如何在我轉過身又回頭瞬間成了生命的沉重隱喻，而這一次，「衛生紙膠帶」將永遠是「衛生紙膠帶」，只要一陣風它就會往空中飄去，時間的沉積將不斷地侵蝕它原本就微乎其微的重量，終有一刻，它將脫離我們一生都無法脫離的物理定律——它不是一路往地面貼近，相反地，它一路往天空貼近，往太空貼近，直到無光之空。

我原以為和往常一樣，以喜會在上班前離開。

然而隔天早上我起床時，卻看見以喜蜷縮在床邊，發出沉重的喘息。

我直覺地摸向以喜的額頭，接著，另一隻手放到自己的額頭上——他正在發燒。

我在房裡四處翻找感冒用的藥物——以喜會在我的房間待上多久？一個下午，一天，三天，或者一個星期？以喜和我一樣，一個人住在獨立套房裡，這使我感覺自己有義務必須在他痊癒之前，負擔起照顧他的工作。

終於，我找到退燒藥，倒了杯水，走向床邊，輕輕地拍了拍以喜的背，「起來吃個退燒藥，這樣會舒服一點。」

以喜吃下退燒藥後，又倒向床鋪。

我掀起原先被他捲成一團的棉被，在他躺好後，輕輕地放下、鋪平。接著，用毛巾包裹著冰枕，放在他的額頭上——這會使我和以喜的關係，從「偶然」走向「必然」嗎？

這一刻我意識到，倘若我是愛著以喜的，一切將變得輕鬆許多。我將會用幾乎是一位母親看向發燒的嬰兒的憐愛的眼神看向以喜。我將如同母親分泌乳汁般，從身體內部流淌出源源不絕的精力，用來照顧、安撫如同嬰兒般躺在床上發出虛弱的呻吟的以喜——如此一來，照顧以喜將不再是我的責任或工作，它將成為我生命的「渴望」。

然而，我需要為此付出多少代價？我能夠再次和另一個人以「一副光明的身體」相愛嗎？我準備好再次望向那雙上帝的、世界的、社會的、歷史的、政治的、人類的眼睛了嗎？

以喜的表情逐漸變得和緩。

我走進陽臺，關上身後的落地窗。點了一根菸。

——為什麼當我們愛上另一個人時，總會生出強烈地和對方合而為一的渴望？

我想起《會飲篇》中的那段神話，「最初，人的外形是個圓形的整體，背部和兩側形成了一個圓。每個人都有四隻手、四條腿，一個頭上有朝向相反的兩張臉，四隻耳朵。」

「他們向神發起進攻，於是，宙斯將人劈成了兩半。」

「由於他們被分成兩半了，每個人都想念自己的另一半，希望能與另一半在一起。他們用胳膊摟著彼此，交織在一起，想要形成一個單獨的個體。」

走進房間，我拿起畫架，撇了一眼已經陷入睡眠的以喜，坐到書桌前，試圖畫出「一個頭上有朝向相反的兩張臉、四隻耳朵」的「人」。我拿著炭筆和軟橡皮在紙上不斷塗抹、擦拭，先是畫出一張正面的臉、兩隻耳朵，這時，另一張（尚未畫出的）臉已經全然地被那張正面的臉遮蓋住了。我用軟橡皮在紙上用力地擦拭，抹去那張正面的臉，以一張側面的臉、一隻耳朵覆蓋，再加上另一隻耳朵，這時我又發覺，畫面上幾乎沒有空間容納另一張臉了，就連加上眼睛都十分困難。我撕下那張紙，在新的一張紙上再次不斷地塗抹，擦拭，塗抹，擦拭，塗抹，擦拭……最後，紙張上只出現了一團黑乎乎的東西。

——從這個失敗的畫中，我知道了什麼？「一個頭上有朝向相反的兩張臉、四隻耳朵」的「人」不可能存在嗎？不，我知道的是——宙斯對人類的懲罰的最最殘忍之處，不止步於「將人分成兩半」，而在於「讓人看得見另一張（原本和自己合而為一的）臉以及臉之下的那副身體」，從此，人類就不得不看見「自己的另一半」臉上的、身體上的那雙上帝的、世界的、社會的、歷史的、政治的、人類的眼睛了。此外，由於人類不可能以任何一種姿勢——像最初的人那樣——背對背做愛，因此即便是在做愛時，我們和「另一半」合而為一，看似「形成一個單獨的個體」，我們仍然會意識到，那雙眼睛無所不在。是那雙眼睛將人劈成了兩半。

我們有可能——像十八世紀的巴黎人破壞燈具一樣——關上那雙上帝的、世界的、社會的、歷史的、政治的、人類的眼睛，和「另一半」回到「一個單獨的、完整的個體」嗎？或者說，倘若我們關上了那雙上帝的、世界的、社會的、歷史的、政治的、人類的眼睛，我們還能和另一個人「相愛」嗎？

如同我先前所說的，「那雙眼睛不在任何地方——它就在陰影之外」，我想，我必須承認，無論如何，我們是絕對無法闔上那雙眼睛的。

我們能做的，唯有閉上自己的眼睛而已。這是我們唯一能夠用來，對抗那雙眼睛的最有力的武器——閉上眼，讓那雙如同上帝的眼睛，回到身體之中，最初的黑暗之中。

我走下樓，打算買我的午餐，並買一碗粥給以喜。

一路上，我始終想著這個問題——那麼，我和以憂身體上的那雙上帝的、世界的、社會的、歷史的、政治的、人類的眼睛，對我們做了什麼呢？

過去，關於「我和以憂為什麼分手」這個問題，我始終沒有清晰的想法。儘管它經常浮現在我的腦海裡。但或許在內心深處，我並不想知道答案。

然而此時，我回想起那些我擔憂「以憂會不會不再愛我了」的時刻。

那些事情，都發生在二〇一八年。

從那一年的九月開始，我和以憂為了「以核養綠」公投有了好幾次激烈的爭吵。在某一次的爭吵後，以憂對我說：「在妳看完這幾部影片之前，我都不會和妳討論核能。」

我感覺被畫分出去。

我們開始不和對方談論某些事情。

當我在金山採訪核四廠受災居民時，我不敢和以憂說。

投票日的前一晚，我在臺北車站發「兩好三壞」的面紙、傳單時，我也不敢和以憂說。

最後，我想我已經分不清楚，是「不敢」還是「不想」，是我被畫分出去，還是我選擇了不再和以憂站在同一邊。

除了吵架以外的時間，我和以憂和往常一樣，吃飯、聊天、散步，甚至是一起洗澡，只是我偶爾會意識到，已經有一塊地方是我們不再願意涉足的。在那些幸福的時刻裡，我仍然恐懼，那會使我們分開。

公投後的某一天，我在社群軟體上發了一篇貼文，其中一段是「最後，地下社會沒有被還給誰，核廢照樣被棄置在蘭嶼，美麗灣至今仍未拆除。」而隔天中午，我發現以憂取消追蹤我的帳號。

當時，我悲傷且憤怒地認為以憂「不再願意瞭解我」，如此一來，總有一天以憂會「不再愛我」。

但是，假如我的詮釋是錯誤的呢？

假如以憂的行動，並不是出於不愛，而是選擇閉上眼對抗那雙眼睛呢？

假如，我的悲傷和憤怒並不是出於愛，而是再次撐開那雙眼睛，讓它將我和以憂劈成兩半呢？

當我拎著炒飯和粥走回巷內時，我意識到自己有了一種從未經歷過輕快的悲傷。

我從口袋裡拿出鑰匙，打開鐵門，爬過一層又一層的階梯。

再次打開房門時，卻發現以喜不在床上。也不在房間裡。

最後，我在桌上找到一張紙條，寫著「謝謝妳的照顧，我先離開了。」

許久之後的某天晚上，我走進陽臺時，又看見了滿月。

這讓我想起，小時候外公外婆總是在睡前輕輕拍著我的背，輕柔地唱著：「你問我愛你有多深，我愛你有幾分。你去想一想，你去看一看，月亮代表我的心。」

在落地窗外的月光的稀薄的昏黃下，我突然覺得——月亮就是我們的心。

——我們必須，與黑夜同在，才能看清楚我們的心。

這一刻，我看見那雙身體外的眼睛閉上了。

而另一雙眼睛在我的身體裡張開——它看見，全然的黑暗。

在那樣的全然的黑暗中，我想起了以喜。

我想起了以喜，和他說過的那一句「很久以後，我會想起曾經在這裡跟妳看月亮。」

這一刻，我終於感覺，有些悲傷。

一與零之間

之間

二〇二二年十月十七日，a再次誕生於一句話，一個情境：

那時，我正在陽臺抽菸，這句話浮現於我的腦海——「她發現自己變成了一隻鸚鵡。」

作為一個作者，我開始模擬a。她的感受、她的情感、她的動作、她的思想，她說話的方式，以及，她寫下的日記、劇本和小說。

十幾天後，a成了一篇小說的主角。

一篇「我的」小說的主角。我的模擬的產物。

然而，當我在模擬a時，我究竟在模擬什麼？

我發覺，我其實是在模擬自己。感覺「當我說出我的痛苦，我就已經失去它」的自己。

人可以「模擬自己」嗎？人如何「模擬自己」？「a」如何不等同於「我」？——因為，倘若a等同於我，「模擬」便成了「再現」，而「虛構」將變成了「非虛構」。

「我」和「a」之間必然存在著距離，而我會說，我和a之間的「距離」即是

「時間」。

我身處於連續的、線性的時間當中，我的世界充滿了直線，一秒之後還有下一秒，此處與他方永遠有著最短的路徑，現在永遠夾在過去和未來的夾縫間；a在「時間」之外。

我有著脫離時間的渴望；a誕生於脫離時間的渴望。

但當我抵達敘事的終點、模擬的終點，卸下作者的身分，a不再存在於我的「裡面」時，我卻發現我不斷地將a丟進喋喋不休的情節裡頭，她的行為和行為間永遠有著因果關係，她脫離了時間，卻仍被追趕——她發現自己幾乎只能複述他人的話語，「因此」她去看病；醫生建議她寫日記，「因此」她開始寫日記；藥物讓她嗜睡，「因此」她打工遲到，「因此」她在朋友的幫助下，搬到打工的咖啡廳附近的公寓，「因此」在公寓頂樓遇見名叫阿誠的男人……——除此之外，我對a的生活毫不關心，我模擬a，但從不模擬她吃飯、上廁所、洗澡、睡覺的樣子，而這一切（格外諷刺地）都是為了讓「讀者」相信a如同我們一樣，是個有血有肉、會呼吸、會餓、會排泄、需要睡眠的「人」，好讓讀者情緒為她起伏，思緒隨她而行。讓讀者能夠理解她。

這是否代表我不關心a？

然而，我渴望理解a，正如渴望理解我自己。

一個人為什麼必須以這樣的方式理解自己？如果不是，理解自己太過艱難。

所以這一次，我模擬a，但我不再是一篇小說的作者。

我模擬a，只為再一次，脫離時間，脫離因果關係，脫離目的。脫離意義。

只為理解她。

只為理解我自己。

（第一信）

語依，

稍早和妳通電話時提到，今天早上醒來後，我突然間覺得自己什麼事都做不了，儘管我知道還有一篇報告要完成，也必須在後天搬宿舍前把東西打包完畢，但我只能無力地坐在床上哭泣。

現在我感覺好一些了，也謝謝妳讓我寫信給妳。

我想我能試著整理今天早上發生的事情。首先，我在床上醒來，我知道我有做夢，但無法回想起夢的內容。突然，一個聲音出現在我的腦袋，那個聲音是「比起自由民主，我更喜歡妳。」我有些恍惚，不確定自己有著什麼感覺，接著，就是排山倒海的懊悔和難過。

我和前男友是在大約半年前分手的。原因是，我們有好幾個月都因為核能公投而吵得不可開交，最後，我決定打電話給他提分手。分手時和這幾個月以來，我都一直以為我不再愛他了。可是當今天早上那句話出現在我的腦海時，我才知道我仍然是……愛著他的（我不確定這裡該用「愛」或是「喜歡」）。

或許就先暫時寫到這裡。

寫信給妳之前，我在日記裡也寫了一些東西，希望能讓妳看看。

再次感謝。

祝

好

阿加瑪 Agalma

【附件】

有時我覺得夢和靈光乍現，就像鬼一樣，我不知道祂從哪裡出現、為什麼來，我甚至沒辦法怪罪自己的記憶或腦袋，無法指認自己的情緒是否真實存在，或只是虛無引發的虛無……我是說，我今天醒來時想起一句話，那句話是這樣說的：「比起自由民主，我更喜歡妳。」

我知道、我知道沒有自由民主，就沒有相愛的權利什麼的，我當然反對過「比起自由民主，我更喜歡妳」這句話，可是當它今天早上出現時，我突然懂得這句話了。我想問自己那又怎樣？……這件事當然沒有這麼簡單，我能夠先反對這句話，再贊成這句話，就像自由民主可以先存在，再全盤潰散，接著一點、一點爭取回來。

可是有些事情不行。失去他不行。

（第二信）

阿加瑪：

早安，希望妳那裡的早晨也陽光明媚，如果多雲時晴也很好，天空會多點變化。如果是下雨的陰天那就更好了，待在家裡好好地聽雨聲，什麼都不要做，我常常覺得那種時候是生命的光綻放的時候。

說了太多我自己的想法了，Anyway，什麼都做不了的感受一定很難受，希望妳這段時間能好好地包容自己。人也不是一定要完成什麼才可以有資格被稱為足夠好的人吧，雖然這個哲學辯論可以持續很久很久，相信妳一定也聽過關於資本主意如何一步步摧毀人性的敘述。我大學的時候也常在思考，人性到底是什麼呢？我自己覺得我的人性就是懶惰、任性、調皮、愛玩，以前很不能接受，現在覺得當個懶惰的人真好。

不過人就是如此矛盾複雜的生物，我們一方面生來就是需要發懶，好逸惡勞的特性讓我們得以最有效率地存活下來，但同時我們又需要意義感才可以繼續。特別是現代人，容易覺得發懶沒有意義感，長期下來我們可能也都變成只要什麼都做不了，就會很有罪惡感。聽起來，什麼都做不了的感覺裡面也包含著這種罪惡感，但可能也有更多的，就像是你提到的，那句：「比起自由民主，我更喜歡妳。」這句話我聽起來沉甸甸的。妳也提到了前男友的事情，似乎公共議題的討論在你們的關係裡扮演了一定的角色。這只是我的猜想，我的直覺是，聽起來這位前男友，之於妳的意義非同小可，那些公共議題的探討似乎也不僅僅是公共議題，也象徵著其他東西。等妳搬完宿舍，或許可以想一想，我期待妳的內在探索及回覆。

阿加瑪，我知道這段時間對妳來說一定不會很容易，所有事情都開始漸漸翻攪起來，妳有可能會希望自己快點「好」起來，可能也會責備自己的凝滯。儘管如此，我還是衷心地鼓勵妳儘可能在這個旅程中找到自己覺得有意義與享受的瞬間。生命的泥淖，時常是我們能更認識自己的最佳機會。

記得也和妳的心理師說說妳的近況喔。

祝妳的秋日色彩斑斕。

語依

（第三信）

語依：

前陣子我在《永別書》裡讀到一段話，「人們總是會投入某些東西：名利、科學、救地球、世界和平、藝術文化、音樂或者政治——乍看之下，似乎是這些東西代表了某個意義——但我們只要挖掘下去，我可以告訴你，這些行動的深處都有一種『沒有希望』……但是偶爾會有那麼一個機緣或夢境，使你看到，那個把你與希望綁在一起的力量，並不是來自希望之物本身，而是那個你絕望過的——很可能是你的父母，最常見的就是人們的父母，有些人會說是他們的家庭，國家或文化之類——有那麼一種完全扼殺你、否定你的東西……」

坦白說——即使我非常不願意承認——我想，我之所以如此積極地投入社會議題，很有可能，和我的家庭有關。

應該是在我國小三年級時，某天早上醒來後，我就再也找不到我的爸媽了。我只知道，阿嬤把他們留下的物品關進衣櫃、櫥櫃裡，再也沒有打開過。事實上，母親離開後我感受到常人不能及的「母愛」——母親會帶著奢侈異常的文具、玩具送到安親班，直到某次我偶然發現同學間傳閱的交換筆記裡寫著「她以為她多了不起？」我才知道同學閃動的眼神裡不是憐憫，是羨慕積累成的嫉妒。

在那之後，我拚了命地念書，拚了命地幻想我「長大」的那一天，就是為了離開宜蘭，離開被親人、同學稱為「家」鄉的那個地方。沒有家的感覺是什麼？最初，我否認、憤怒、沮喪、悲傷，直到開始變得麻木，麻木到看見新買的手帳上附贈的母親節父親節貼紙，也只是撕下丟進垃圾桶。是他第一次讓我感受到「家」和歸屬感、親密感，或許也是他再次讓我想起，失去家的感覺。

抱歉，似乎說的太多了。我想，我是帶著渴望幸福的心，投入社會議題和戀愛。或許可以這麼說——我投入社會議題和戀愛，終究是為了獲得幸福。

這讓我想起一些事。去年返鄉公投前，我在臺北車站對一個又一個的路人彎腰、遞衛生紙包，上頭寫著「兩好三壞，投出幸福未來」。離開前，寒風從玻璃門灌入，躺在門口旁的男人拉緊身上的棉襖——那兩個小時內，幾乎所有走過的路人都被遞送過傳單，獨獨遺漏了這一大群久駐於此的人們。那時我想：返鄉投票，是不是也意謂著，沒有家的人注定被排除在這之外？

抱歉，我的思緒有些雜亂，或許就先寫到這邊，也想聽聽妳的想法。

祝

好

阿加瑪 Agalma

（第四信）

阿加瑪：

感謝來信，抱歉這段時間課業比較繁忙，稍微晚回覆妳了。讀妳的信的時候，一邊為你不捨，一邊也感到驚喜，妳居然可以在這麼短的時間內有如此深的自我覺察。上週我的英國口音老教授在課堂上跟我說，看見是改變的開始，而唯有我們放下改變的企圖，改變也才能發生。理解自己怎麼了，理解過往與現在的關聯，並接納，不急著否定自己，我們也才能整合各個自我。看見本身，是很有力量的一件事情。

從妳的故事裡，我讀到了一種內在的缺，像是心裡的隧道一樣，在父母消失的那一天，就開始從我們的表面往下挖。一開始是侵蝕，後來我們自己也忍不住加入了挖掘的過程。受過創傷的人容易對事物沒有感覺，就像你說的，麻木。麻木的時候，只有痛覺才能夠提醒我們真實存在。在社會運動的現場，有很多疼痛，關係的疼痛，國家的疼痛，社會的、文化的疼痛，靈魂的疼痛，同時發生。好痛，越是抵抗、越是要扭轉、越是渴望改變，越是把我們對生命的悔恨與遺憾投注在改變社會的命運之上，我們就可能越是用力，越是錐心刺骨。

我想，我跟妳，或多或少都有點長成了這個樣子吧。

寫到這邊，想跟妳分享一個我自己的故事。我跟妳的成長背景並不完全相似，但也是來自一個相較清寒的家庭，我的母親糊里糊塗地就生下我家三個小孩，但其實沒有能力撫養我們，小時候我的制服永遠是姊姊穿過的制服，每次開學的第一天，我都需要忍受同學的異樣眼光。我國中的時候花了很大的力氣試圖說服我媽，新的制服對小孩來說多重要，即便不環保，但那是我唯一能阻止我自己再被霸凌的機會。

這些事情一直記在我心上，我「長大」之後，靠獎學金出國念了書，我媽媽很常感到驕傲，可能多少也對自己的教養很自豪，有時候我提到小時候所受的辛苦，她會露出不置可否的表情說：「還好吧，也沒有讓你們餓到，已經很好了吧。」

我曾經有段時間一直懷疑自己的痛苦是不是真的痛苦。有時候我也會想，對啊，還好吧，我都活下來了。但那些曾經歷過的心酸，又算什麼呢？現在，如果我母親再說類似的話，我確信自己會嚴肅的回答她：「有，你有讓我們餓到。校外教學沒有零用錢買麵包的時候我餓到了，沒等到你下班的時候我餓到了。除此之外，我們的愛與歸屬感，也一直飢餓。文化上、知識上，你都讓我挨餓了。」

說了好多自己的事，我想我想說的是，痛苦有很多種層次，而我能理解妳的痛苦，但最重要的是不要讓別人否定你的痛苦，你也不要否定你自己的痛苦。許多人也許會覺得我們對於自己過往的受傷小題大作，這個時候請一定要找到自己的社群。用心理學上學術一點的話來說，叫做關係的問題還是得由關係來解，去獲得矯正性的情感經驗。天冷的時候，請朝著那些能夠與你相知相惜、情緒穩定、內心有爐火的人靠近。

無論是否我們幸運地在人際相處中找到家的感受，我希望妳能在敞開與嘗試，慢慢能讓情緒安放身體，讓身體成為家。

語依

（第五信）

語依：

很開心你願意和我分享妳的故事。我想，關於「痛苦」我有著跟妳類似的感受，不過，或許我有著更深一層的困惑——我不知道該如何述說自己的痛苦。我既渴望寫下這些，又不自覺地審視這些文字，我常覺得它們不夠「美」，不夠讓人想看下去。同時，我也無法接受那個不斷地想把這些「痛苦」寫得「美」、寫得「好看」的自己。究竟該如何述說自己的痛苦，不使它減損、變形、矯飾，又讓人願意傾聽那些痛苦呢？

上一封信沒有寫到，當我認知到「我之所以如此積極地投入社會議題，很有可能，和我的家庭有關」時，我其實覺得有些慌張——假如，我投入這些東西，是因為我的「絕望」，那麼，我是「真心」地想追求這些東西嗎？或者，我的追求其實只是一種逃避呢？假如讓我在「自由民主」跟「他」（或者說，愛情）之間選擇，我會不會其實，更想選擇愛情呢？就像我幾天前在寫詩時寫下的那句「多想一字不識，只懂得愛你」一樣。（或許可以把那首詩附在信的最後，給你看看）

不過，妳在信裡提到「請一定要找到自己的社群」，讓我想到一件事。

那是開完學生會議會的晚上，因為開會我沒有去ＢＤＳＭ社的社課（那堂課請到了阿威教大家做木拍，可以做出自己的木拍，我超想去的），隔天又要開返鄉列車的記者會——九點半在臺大門口，意味著八點半不到就得起床，同時十點二十的「戰後臺灣現代詩史」可能因此遲到。老實說，我一點都不想去，我想好好睡飽，準時上課。

大概真的沒什麼人能夠出席，坐在會辦裡的學生會長焦急地在群組詢問明天記者會有誰能去，我在一旁看著筆電，讀新聞，假裝自己不存在。

「明天記者會妳會去吧？」他問。「應該不會吧。」我說。

「這也算學術部的業務吧。」

「我又沒有要發言，多我一個少我一個有差嗎？」

「記者會就是要多一點人啊。」

「多一點人然後呢？有意義嗎？」

「記者會的目的就是多一點人，讓媒體拍起來有聲量。」

「這件事本身就很沒意義啊。」

會辦陷入一片沉默，我關掉筆電，打算去社課後的聚會。接著，在公車站等復興幹線時，我瞬間想通了什麼，打開手機傳了訊息給他，說：「好，我會去，如果這件事對你來說是有意義的，那就一起完成它。這是我目前想到可以說服自己應該要去的原因。」

那個時刻，我深深地感受到「一起完成一件對夥伴來說重要的事情」是非常溫暖的，我會想一直記得那個時刻，好好地握在手掌裡。

就先寫到這邊吧。期待下次收到妳的信。

祝好

阿加瑪Agalma

【附件】

〈光——給以憂〉

二〇一六，你帶我識字
洞穴外第一道光，喚醒意識、政權、公平和正義

十月，沒有比愛更好的理由
讓我們出走凱道
攜手共和國前最後的盛宴

二〇一八，正直與善良要回來了
我和你分頭上路
「共和國的意思是人生而平等，
生命、自由、及追求幸福，是不可剝奪的權利」
「共和國要建立沒有電廠難道用愛發電」
「為了一座核電廠，掏空小鎮、掩飾恐懼的共和國我不要」「若恐懼是出自無知卻要所有人共同承擔？」
「共同體的意思難道不是所有人共同承擔？」

這原是古老的礦石卻在我們的夢中
互相撞擊而日益膨脹的光與熱

二〇一八，我在光與光之間
瞥見事物的影子不只一個

公投和結局同時進逼
天亮前，讓布簾遮掩
所有可能的回答

為兩人的自由民主抗爭？
「夢中那恆久未達的共和國
可有相同的解答？」「我們還談論歷史的能動性嗎？
書上說：不相信就寸步難行」

否則就回閣樓穴居

洗衣、溫飯，舊時代那樣
潔淨安穩，情願相信每個昨天
都走向同一個可能的明天
（可能是影子還是光的反面）
（多想一字不識，只懂得愛你）

二〇一九，陽光遍照
卻不再為了照亮什麼

奔赴來日的，都是同一道光
決心出走就要走得更遠
要帶著比愛更好的理由和昨天告別——

（第六信）

阿加瑪：

展信愉快。這幾日在見個案的時候，連續收到了幾個來自個案的問題，他們都希望我可以給他們關於安放痛苦的建議。通常這種時候督導都會要我們很小心，「跟妳要建議的，都是陷阱！」督導跟我笑著說道。他們說的也有道理，個案總是在諮商的時候急著問：「我要怎麼做？」是因為透過詢問該怎麼做的過程裡，我們一方面讓別人幫我們想辦法，避免掉了為自己做決定的機會，同時再製了過往自己沒有選擇、沒有能力無助的狀態，並且，更重要的是，他避免了我們去感受當下應該要感受的，有時候我們透過行動，去閃躲內在的痛覺。

說了這麼多，妳的信件的第一段讓我想到作家林奕含生前一段關於藝術是否只是巧言令色的討論：文字是誇飾了悲傷？還是安放了悲傷？又或是限縮了悲傷呢？我認為答案是都有可能，所以（即便我的督導說個案要建議是陷阱）我的個案認真地向我要建議的時候，我會請他們把感受說出來、寫下來，乃是因為，無論文字是誇飾還是美化了悲傷，還是我們只是為賦新詞強說愁，感受都能從這個過程裡，由內而外、由無形化成有形，將自我投射在文字媒介中，這些文字成了我們內在自我與外在自我的連結，這些凝視的瞬間，讓我們的內在想像，與外在世界的真實得以連結。我們的內在感受許多時候無窮無盡，外在世界又充滿幻滅與沮喪，文字作為象徵物，讓我們在兩種難以忍受的極端之間，變得可以承受。

回到妳的第二個問題，會不會你更想選擇自己的愛情而非民主自由呢？會不會我們就是喜談小情小愛，沒什麼偉大夢想的人呢？我認為這個命題或許本身就不一定是對的，或許愛情就是民主自由，或許偉大的夢想其實就是小情小愛。或許有許多人可以和我們爭辯，愛情與民主自由哪一個比較重要，哪一個比較對，也可以投票表決，也許專制國家的習維尼站上臺高聲一喊民主自……喔不，他可能會說兩個都不重要。但，其實，不管哪一個選擇，都有他的道理，都沒有對錯，只是，妳內心真正想要的東西，並不會改變，不會因為妳現在說服自己，或別人說服妳，就改變。未來十幾年，幾十年，那個想要，都會一直在。那就是「真實」，不是對與錯，而是真實存在。

而那個真實，需要勇氣去承受。

最後，想跟妳分享我很喜歡的電影《七月與安生》從表面上看到的是一部兩女一男的糾結感情片，實際上，小說中的七月，不斷在承擔與接受，她有堅定的靈魂，而安生與之相比，漂泊逃避，是脆弱而透明的靈魂，最後安生死去，她的叛逆不容於世，七月存活，代表一種拯救。在我看來，這是關於一個人的靈魂中，兩個面彼此對抗、和解、再前行的故事。

無論是見過了光折返走回洞穴，又或是一路背對著陰影狂奔，這都沒有對錯。但光在洞穴裡閃爍，陰影在我們背後竄動，這都是我們需要承受的真實。

冬天了，祝妳一切毛茸溫暖！

語依

（第七信）

語依：

看到妳說「會不會我們就是喜談小情小愛，沒什麼偉大夢想的人呢？」時我笑了出來，是啊，有時我會想：「我還真的沒有什麼遠大的夢想，我最大的夢想就是和愛人共度餘生。」我想——在內心深處——我相信人們都是追求幸福的，無論對他來說幸福是什麼。那麼，我們還不來認真談論「幸福」呢？像我們談論我們的悲傷時那樣。

從高中到大學，每次月經來時我的症狀都一樣，肚子痛加腰痠。可以的話我堅決不吃止痛藥——熱敷可以解決九成的痛苦，而最後一成是，他在身旁時總是會非常認真地，揉著我的腰。

前幾天，我因為期末而感到壓力重重，碰巧又月經來，因此大多數時間我都敷著他送給我的熱敷墊。我突然想起去年大約也是這個時候，我因為寫不完寫作計劃的後記，而在他的租屋處放聲大哭。

有別於多數印象裡的他，在我哭時多數帶著無奈的情緒，那次他只是緊緊地抱著我安撫我，邊安慰我邊說：「振作起來把它寫完，我去洗剛剛買的番茄給妳吃，好不好？」，後來我邊哭邊吃番茄，終於把後記寫完了。

這段印象裡的他非常溫柔，讓整段記憶都帶著和緩溫暖的昏黃色調。這是我無論如何都不想忘記的事，關於幸福的記憶。

其實我隱微地擔心熱敷墊哪天會壞掉，我似乎覺得，只要它壞掉，它就變得跟回憶一樣了。不過，熱敷墊至今仍然沒壞。它其實不會壞掉也說不定，只要我夠勇敢的話。

那麼你呢？如果妳願意的話，我也想聽聽，屬於妳的、關於幸福的記憶。期待妳的回信！

祝
好

阿加瑪Agalma

（第八信）

阿加瑪：

展信平安。講到幸福的事情，我會想起我在諮商技術課上老師和我提到的「安全／平靜環境建構」技巧，具體的做法是請個案回想一個想起來全然平靜、安穩、安全的正向記憶，並透過一系列的練習，緩緩地把這個感覺從身體的一處擴張，慢慢地延展到全身。例如，老師會請我們深呼吸，想像一道光從頭頂慢慢往下映照，想像幸福的情緒是一座瀑布，慢慢地從我們的顱頂沖刷，到頸椎、胸口、腰間、大腿、小腿、腳指頭，這樣子緩慢地練習，並且為這個正向的記憶取一個小暗號，日後我們若被負面的記憶與感受侵擾，就要像召喚守護神一樣，召喚出這個正向記憶，並在身體裡面找到可以安居的位子。不知道你有沒有看過哈利波特，J．K．羅琳寫的《哈利波特》第三季阿茲卡班的逃犯中有大量描寫催狂魔（Dementor）的片段，催狂魔看不到東西，但他們嗅得到你的恐懼，並會吸食人類積極的情感，迫使受害者一遍遍重溫最糟糕的記憶。要應對催狂魔，就要回想一段我們內在核心的幸福溫暖回憶，召喚護法咒，將催狂魔驅趕。

對我來說，催狂魔就像是一種創傷的象徵，創傷在我們的靈魂深處刻下了巨大的畫痕，日後一旦有一點類似於創傷的風吹草動，我們就容易恐懼、心慌。而護法咒，則是我們那些核心的、幸福的、溫暖的記憶，我們累積越多溫暖的經驗，就越能在情緒的風暴來襲時，躲進那些正向記憶的港灣，驅趕創傷的侵擾。

目前我的護法咒，是一件很小很小的事情，前陣子我在流浪動物協會擔任志工，園區裡面有一隻後腳不便於行的薩摩耶，大家都說所有志工裡他最喜歡我，每次到我值班的時間，他不用放飯，就會用它能移動的最快速度，奔向我，試圖把我撲倒，然後露出憨憨地、大大的微笑。如果護法咒跟J・K・羅琳描寫的一樣具有形狀的話，那我的護法咒肯定是一隻大大的、毛茸茸的薩摩耶狗狗。有一點狗味，但有很幸福的、溫暖的氣味。

很高興妳問起我的事情！我知道妳一直以來都在意我也關心我，但這倒是第一次妳主動向我詢問起我的事（不然我之前都自顧自地講個不停）。我想到以前我在諮商室內當個案的時候，有一次諮商，我問起我的心理師她脖子上的項鍊上面的圖案是什麼意思，我的心理師解釋完他項鍊的由來之後，突然對我說：「歡迎妳重返人間。」我回家之後想了許久，才明白那句話的意思：以往我被自己的情緒與身體困住，因為我拒絕感受過多的情緒，所以受到情緒的反撲。諮商過後，我重新感受那些被我壓抑已久的情緒，明白感受少、沒有感覺，不代表感受好。經過對自己的重新理解，我重新疏通了我的內在感覺，也才終於能夠看見我身邊的人。我的心理師帶著那個項鍊有一些時日，但我第一次問起他的事情，乃是因為我終於從內在的牢籠中走出，開始有能力接納外在世界，並正視到我的治療師，也是一個人。

這是我們逐漸好轉的證明。

親愛的，歡迎妳重返人間。

零

二〇二三年二月十日，a死去。

並不是什麼特別的日子。我想。即使未來有人想認識認識一下臺灣的歷史，也必然會漏掉這一天。所謂歷史，是被篩選的。

然而，她在這裡出生，她在這裡死亡。

她說「生命就在呼與吸之間。」於是我可以說，「生命就在睜與閉之間。」

閉，是眠夢，是啟蒙之前，是洞穴之內。是漆黑之空。是零。

睜，是清醒，是啟蒙之後，是洞穴之外，是雪白之光。是一。

零與一之間，我們閉眼，然後，我們睜眼。

零與一之間，就是生命。

我願意擁有生命。

後篇
我們在復原的路途上

看見是療癒的開始：為什麼我們要談社會運動創傷？

能和于玄寫出這本書，一直都不在我的預料之內。要寫出一本以社會運動創傷作為主題的書，我時常覺得自己才疏學淺、何德何能。但我還是接下這份邀約了。如同我很喜歡的一句話「在我所有擔任治療師的資格裡，最重要的是我是一位有血有肉，真實的人」（摘自蘿蕊．葛利布（Lori Gottlieb）的《也許你該找人聊聊》）以及我最喜愛的諮商督導施怡蓤老師曾跟我說過的：「一個治療師是沒有辦法給個案自己沒有經驗過的東西的。」在社會運動創傷這個主題上，我如果可以多說一點什麼，那也是因為，我曾在社運的現場待過、間接目睹夥伴的死亡、近距離觀看社運夥伴的憂鬱與絕望。

在社會運動過後，針對那些在社運之後變得低迷、甚至人間蒸發的人，社運分子之間，時常會說：「喔，他『運動傷害』很嚴重。」第一次聽這詞的時候我感覺很陌生，這裡指稱的運動傷害到底是什麼呢？如果上網搜尋，「運動傷害」不約而同的指涉定義是：「運動過程時所造成傷害，最常見的運動傷害就是拉傷跟扭傷，嚴重的運動傷害甚至造成脫臼、骨折、韌帶斷裂等。」

很明顯地，社運分子談的「運動傷害」，跟大眾所理解的運動傷害，是不同的兩個概念。社運分子談的運動傷害，其實指涉的更是「因為在社會運動現場上所遭遇的外力與內在的衝擊，以及對於運動沒有令人滿意的結果，而在事後陷入了內在的沮喪與絕望，並對生活失去熱情、對存在陷入質疑的創傷壓力狀態。」

社運現場上的運動傷害長期被忽視，並且也沒有它具體明確的名詞，人們只能借用生理病理的運動傷害指稱自己在社會運動現場上遇到的創傷。這種忽視與貶義、降低其重要性的做法，也無可避免地讓社會運動創傷難以被正視與處理，也很少進入人們討論的視野與範疇之中。

所以，我們為什麼要討論運動傷害，並且將其定義為社會運動創傷，在我的想法中，原因至少有二：一是因為，受暴倖存者面臨的最大困境，是包括專業社群在內的社會，傾向扁平化暴力創傷的特殊性。在社運創傷的傷害被低估，特殊性也被無視的狀態下，我們難以讓社運分子、參與社會運動的人對於作用在自身的苦痛有所覺察。

而沒有覺察，就沒有看見，沒有看見，就沒有療癒的苦痛。這是我認為我們要社運創傷的第二個原因。美國民權倡導者和批判種族理論的領先學者Kimberlé Crenshaw就提出，美國黑人女性遇到的歧視困境是綜合種族與性別的交織性困境（Intersectionality），若缺乏對於交織性的名詞定義，黑人女性遇到的職場歧視與霸凌將會被難以指認，社群與政策就不會因此檢討與行動。

同樣的，社運創傷若被定義，社群與個體才有機會積極地對於消極的傷害做出回應，並打斷創傷帶來的被動性的強迫性重複（例如，重複地對議題經歷憤怒——絕望的循環），能夠有意識地回應環境，經由特定的名詞定義，內在受傷的社運分子們，才更有意識地覺察到自己所經歷的苦痛，是一個群體共同承受的苦痛。並能在這種普同性（Universality）上，互相扶持，甚至是按圖索驥，逐步放下並療癒由社運創傷特殊性所帶來的孤獨感。

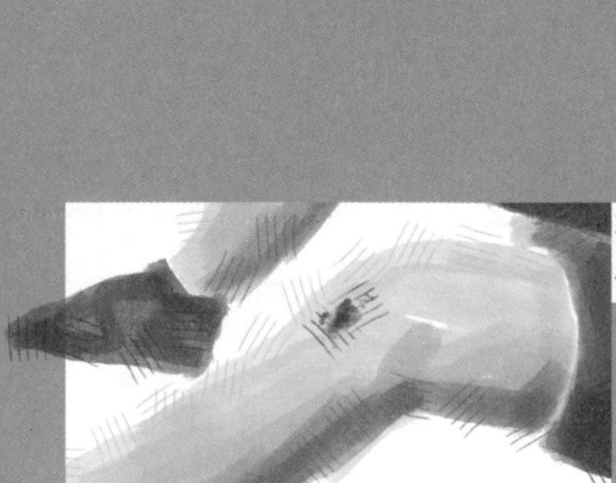

湊近看傷口的紋理：何謂創傷？

當你回想起某一個回憶的場景時，你注意過自己通常是用第幾人稱視角在觀看回憶的片段嗎？

如果人生是部電影，每一次回放的運鏡角度，都決定了我們如何詮釋自己的過去，如何看待自己，也影響我們與創傷之間的距離。如同電影《雲端情人》中那句經典台詞：「過去是我們和自己說的故事（Past is the story we tell ourselves.）。」

如果過去是我們和自己說的故事，那麼創傷記憶就是這個故事的實境版本。這實境電影有對白、有畫面、有聲響，有觸覺味覺、有情緒，有潛藏在情緒後的自我信念：那個無助的我、那個懦弱的我、那個失去控制的我。所以，要改變創傷對我們造成的傷害與影響，我們要重寫對白、重寫敘事、重寫情節，重新詮釋電影。

正因為創傷記憶如此複雜，我們無法要求受創者「你就換一個想法、換個念頭就好啦」就期待他們改變。我們也不可能如同Nike的廣告「Just do it！」輕易改變創傷帶來的生活方式。

想要面對創傷，就必須先理解它們從哪裡來、帶我們往哪裡去，它對我們造成什麼影響，我們又習慣怎麼回應它們，如此，一步一步，我們才能夠解構體制、解構心智，解放創傷記憶。

面對創傷，或近或遠，什麼才是最好的距離？

我們需要一些時間來處理創傷，創傷發生當下，如同車禍受傷，我們要做的並不是「盡快回到日常生活中正常行走。」我們需要時間哭泣、吶喊、清洗消毒傷口，再包紮，慢慢地，過了一星期、兩星期，等到傷口復原的差不多，我們會開始進行復健活動，這時候，我們的練習目標才會從「急救」到「生活」。

心理創傷的路徑也很類似，面對心靈的苦楚，遺憾地，我們沒有辦法避開感受痛苦。把痛苦的感受器關掉，就也把愛與幸福一起拒之門外。卡繆說：「不要害怕悲傷，悲傷讓我們懂得如何去愛。」情緒是自我的核心，我們越是與自己的感覺待在一起，不評判、陪伴自己、容納自己，我們就越能在情緒裡自由。反之，越是抗拒我們所經歷到的，無論是痛苦、悲傷、嫉妒、憤怒，就是在與自我連結的通道中放了一塊大石。

儘管我們看似隔絕了當下的負面感受，但他們也只是在大石的另外一頭，漸漸地隨著時間被擠得水洩不通。不只如此，喜悅、自由、幸福的情緒，也在塞車的列隊中。大石的另外一頭，只留下麻木的自我。

麻木不仁幫助我們在創傷發生的當下不至於潰堤、完全失去功能。你可以想像，在越南打仗的美國大兵，面對燒殺擄掠的現場，要是允許自己脆弱，可能會哭到失去力氣，無法在戰場中全身而退。問題常常就是解答，創傷反應是大腦與身體為了保護個體的、當下能做出的最好的解決方法。

然而，樹立麻木自我最大的問題，是在我們把悲傷與喜悅阻隔的同時，我們把自己留在了過去，也切斷了我們跟身邊的人的連結，因為我們無法在當下感覺安全，沒辦法從日常的散步、煮飯、與愛人相擁的日常中感覺安然與滿足，人生將於我們擦肩而過。

創傷與創痛，如何影響我們的生活？

志明（化名）在我的諮商室中永遠都坐離我最遠的位子，有次我問他「今天想來改變什麼呢？」他的回應是「有什麼好改變的，人生不就是這樣嗎。」他與妻子同居七年，大部分時間他負責經濟收入，伴侶負責日常家務，七年後，妻子突然和他說：「我們離婚吧。」志明焦慮又徬徨，不知如何是好。

「不就是這樣嗎，賺錢，給別人花，或是自己花掉，然後繼續賺錢。」如果你問志明生命的意義是什麼，這會是他的答案。在和妻子一起生活的七年內，志明對她的唯一期待就是讓她打掃好家裡。「只是把家裡打掃好，很難嗎？」他常常這麼抱怨：

「我都在外面工作這麼辛苦了，她出去賺錢也沒有賺得我多，她到底為什麼想要出去工作、想要出去自己生活？」

或許在旁人看起來，志明自負又自私，只想要他人滿足自己對家的幻想，自認為只有自己的工作重要、有價值，妻子想要做的事、想要完成的目標，對志明來說不僅賺不了錢，還沒有意義。

時間倒回三十年前，志明十歲時住在宜蘭祖母家，那時祖母罹患關節相關病變，時常跑醫院，家中請不起看護，所以志明擔任照顧祖母的角色。志明有酗酒習慣的父親當時在台北躲避債務。一九九五年冬天，父親回了宜蘭老家一趟，因為錢的事和祖母大吵一架。十歲的志明剛從小鋼珠店回來，他和同學下課之後喜歡到夜市後面的小鋼珠店打鋼珠，雖然祖母總是不准他去，但他還是會偷偷去。

「志明！你怎麼又去小鋼珠店！」祖母在樓梯上和父親吵架到一半，盯著剛回家的志明，一旁的父親抓準時間，搶走祖母手中的現金，祖母一頭摔下樓梯，倒在志明跟前，失去意識。

後來的事情，志明只要一回想，腦袋都充滿嗡嗡聲。錢、愛、死亡、傷害、血跡，這些事情在十歲的志明大腦中，被那場祖母摔下樓梯的意外場景，驚人地互相串起。諮商室內，志明不談愛，只談錢，在他的意識深處，錢是自己唯一能夠控制自己遠離一切傷害記憶的方法。只要持續工作，他就不需要去到想因為缺錢而衝突的原生家庭；只要賺得到錢，他就可以感覺自己的生活當下有所控制；只要專注在錢，他就感覺那場祖母的死亡有機會可以不一樣，他就可以防止他身邊的人離開自己。只要專注在錢，他就永遠不需要去直面人和人的關係的內在本質：是共享脆弱所以親密。只要專注在錢，他就可以切開自己跟他人，想像人與人之間都只是供需關係，他就可以把自己關在看似的金錢堅固的外殼下，聲稱每個人都只是為了錢靠近自己，然後佯裝自己對於他人的離開可以表現得不聲不響，毫無聲息。

志明的故事告訴我們是，為了將創傷記憶與我們阻絕，我們容易產生麻木、解離的狀況。另外一種創傷反應則有些不同，那便是「過度喚起」。過度喚起是受創者的時間與空間，停留在創傷發生當下，受創者沒有辦法調解對於挫折與危機的反應。生活中出現與創傷有關相似的線索，都會像根鉤子，把當事人從現在拉回過去。「一朝被蛇咬，十年怕草繩」其實談的就是一種過度喚起的創傷反應。受過度喚起反應所苦的倖存者雖然實體已離開創傷現場，他們的感受與知覺卻很可能還留在事故現場，他們對外界的變化敏感，並且容易做出旁人覺得怪異、偏激的反應。然而這是因為，他們過往必須要如此敏感才可以存活下去。

舉例來說，一個小時候長期受酗酒父親毆打的孩子，長大以後比其他在健康環境下長大的孩子更容易感受到別人對自己的敵意，也更因為些許的敵意討厭自己、檢討自己。這是因為想要在一個暴力充斥的環境下存活，你最好要學會讀懂臉色，保持機警。一個受虐的個案曾告訴我，他可以透過父親回家時的腳步聲，分辨爸爸今天喝得多醉、心情多糟，並且即時對此作出反應，看是要從床上跳下來逃跑，還是屏住呼吸，等到父親睡去。

作為人類，我們確實需要保持一定程度的警覺，但同樣作為人類，想要感受到愛、溫暖，要與建立連結才能夠生存，我們也必須一定程度地放下我們警覺系統。許多受創者因為太過警覺、過度喚起，難以享受生活中的平凡樂趣，他們可能在別人大笑的時候感覺害怕，在親密伴侶要碰觸自己時感覺極度恐慌、崩潰，也有一些人太過麻木，雖然看似不過度反應，實質上則是心如死水，難以和他人建立關係，或者注意不到真正危險的訊息。

大腦的警覺系統一旦失靈，人就變得難以對環境作出適當的反應。人在該逃命的時候停下腳步，在該為自己站出身的時候退縮；在該快樂的時候緊張，該擁抱的時候生氣轉身離開。有一個關於負面童年經驗的研究，說明女性如果早年受虐或是被忽視，成年後遭受強暴的可能性是其他人的七倍；女性如果小時候目睹媽媽被爸爸或是同居人毆打、攻擊，日後成為家暴受害者的機率也會大幅增加。

這並不只是因為倖存者想要拯救當年的父親，於是在現在的生活裡仍持續尋找擁有父親影子的男人作為伴侶。這還包含著，許多倖存者在他的人生的大部分時段，都不知道如何只是作為一個正常的、能笑能愛、能哭泣能擁抱的人類活著，他們需要擔心不知道何時會發飆的父親、不知何時會情緒崩潰的母親，煩惱憂慮不知道何時會坍塌、搬遷的家。為了要與這些災難般的不確定性共處，創傷倖存者的大腦與身體發展出一套保護機制，這個保護機制是如此頑強，才得以讓創傷倖存者存活，卻同時也是如此頑強，即便倖存者已離開了災難現場，仍影響著倖存者的當下。

而綿綿密密的當下，很可能在不留神之間，就成了永遠。

上述說明了兩種與創傷的距離，大多數的受創者在這兩者間來回擺盪，偶爾麻木不仁，偶爾又過度反應。我們可以這樣說，面對創傷，面對痛苦難解的記憶，太遠、太近，皆是過猶不及。相較之下，若是能夠書寫、談論，就能夠調整自我在創傷回憶中的樣子。例如〈零與一之間〉中主角做到的事。第一人稱敘事「我」，做了一件了不得的事。那就是書寫，有意識地書寫。關於書寫與敘事的力量，後續篇章會談的更多。

街頭以前，我們的生活

當我們看近受創者的生命故事時，一切就無法只用簡單的標籤拆解，也不行用簡單的標籤拆解。法國精神醫學家皮耶・賈內（Pierre Janet）說過一句話：「每個生命都是藝術品，以一切可能的方法組合起來。」換句話說，每篇作品，都可以視為生命的部分展演。而生命的表現，是個人與環境，互動出來的結果。當我們看一個個體，我們更傾向用系統的觀點來看待。

而這個「系統的觀點」，便是來自科學中「認識論的轉變」。從二十世紀前牛頓的因果關係論主要是以機械論、簡化論的觀點來看待個人和世界的關係，並用線性的因果關係來猜測行為的前因後果。像是，因為有地心引力，所以東西會掉下來。因為有一個力往前推，這個力可以轉成了速度。

那個時候的人類，是用線性（liner causality paradigm）的關係來思考行為的前因後果的。也因此心理分析啊、心理動力，在那時顯得格外重要。如果一個人他現在常常有噩夢、焦慮的症狀，一定是因為過去他的家庭發生了某件事，導致他現在這個狀態。

後來，愛因斯坦提出了生態觀，他更重視個人與他生存的環境形成的循環因果（circular causality）關係，他的生態觀逐漸取代了牛頓的因果關係論。$E=mc^2$公式描述能量與質量可以轉換，物質與物質的關係不是線性的，而是有面積、有體積的。心理學在那時，也出現更多關注環境以理解個體的理論。

比方說，系統理論者在面對問題時，就會關注一個家裡面的父母與小孩怎麼互動，而非單一地去探討孩子或父母的兒時創傷如何影響現在的家庭關係。這樣的想法讓因果的單一線性關係被破解了，因果是互相的，我們是因也是果，互動的模式是關係和睦的原因也是結果，專注在這些動態的因果變化上，才可以做出更動態、彈性的改變。

系統理論者認為，個人的問題將不在只是個人的問題，而是系統與環境的問題。而環境的不利是由上至下、由外至內的。例如〈零與一之間〉中，女孩所遭遇到的與父親的疏遠，很可能類似於父親所經歷的與奶奶的距離。沒有修復的家族傷疤，在這個家庭裡繼續被繼承。

人面對痛苦時最常見的反應，就是向喜愛的人求助，無論是人際交友上的衝突還是對性的困惑，我們向信任的人求助，請對方給我們建議與關心，使我們有勇氣繼續走下去。在我們生命的初期，肚子餓時有人餵養、哭泣時有人輕輕搖晃安撫、天冷時有人替我們加衣服……這些就是我們作為生物，最初始與愛有關的感覺與學習。但如果不曾有人向你好好地表達愛，不曾有人一看到你就露出微笑，不曾有人看到你哭就急著幫助你，反而忽視你、威脅你不准繼續哭，你就必須找到其他方法來照顧自己。

而面對一個壓抑的家庭氛圍，女孩不可能在健康的環境下探索性。經濟資源的匱乏，也讓父親買春的行為更顯得難堪困窘。於是她使用當代年輕人找尋性的便利方式：使用交友軟體。抽菸、約網友見面，這些容易被標註為不良少女的行為一一在她身上發生。家庭應該成為一個人最初始感受親密與愛的場域，但當家庭無法作為愛與安全感的來源時，家庭便會把個體往外擠壓。

被擠壓的情緒與傷口，去了哪裡？

在陳潔皓的《不再沉默》一書中，作者提到自己童年所受到的性創傷如何影響自己的思考與生活，以及影響自己投入社會運動。「在二〇一三到二〇一四年間，我積極地參與社會運動。我心中有種壓迫感，想去保護這個社會制度下的受害者。」「每次在現場看著抗議者被警察驅離時，我都會產生龐大的悲傷與憤怒。我一直以為我是為受害者而悲傷。」

「在成年之後，我才知道懂得為何某些特定的主題會吸引我。」「在許多激烈的社運場合裡，我重新看到了加害者與被害人的位置……（中略），我的內心感受到不斷和受害的人們一起震盪，不斷地受到牽動。」

我在社運現場遇到的朋友大多也來自傷害充斥的成長環境，有些是父母疏於照顧、長期被忽視的學生，也有家境清寒因此對工運、勞權特別有感受的少年。而在學生自治圈的領域裡，除去臺灣大學政黨化、菁英化的學生自治風氣外，許多對學生權利議題敏感的大學生與研究生，身上亦不乏有過去被老師霸凌、欺負的經驗，所以轉身投入學權的推廣。

如果上述的描述還不夠能讓人理解，在二〇一九年臺灣同志婚姻合法化之前，長期熱中投入並參與同志活動、性別論述的人，除了有可能因為自己本身身為性少數，而選擇站出來為自己發聲的人之外，也有許多異性戀是因為曾經無法挽救、幫忙自己身邊受苦的朋友，所以轉身投入了議題領域；也有許多專業工作者如心理師、社工會投入社運現場。

或許我們可以這麼說，社運現場，是直接受創者，以及受到替代性創傷的受創者，對於創傷本身的創傷反應，同時也是他們對於創傷本身進行積極的抵抗。

當然，也有人只是因為受到感召而投入議題圈的人，不過可觀察到的是，因為過往背景經驗不同，每個人所承受到的運動傷害、社會運動創傷，呈現了深淺不一、嚴重程度不一的狀態。或許幸福的家庭本就不是常態，也或許幸福的人，在心理學領域被稱之為「健康」的人，他們懂得在傷害與衝突的現場設下停損點，而不繼續消耗，但又那麼諷刺的是，社運與議題圈往往是最消耗的一個工作場域。

諦娜的故事：社運分子的身分認同

諦娜（化名）是我在美國接觸的第一個非裔個案，我在一間美國當地俗稱很白的學校裡諮商實習，校園裡大部分的成員都是白人，亞裔與拉丁裔十分少見。非裔美人在校園裡的定位相較而言曖昧不明，他們有自己的姐妹會、兄弟會，但是走進教室，他們仍常是班上唯一或唯二的黑人學生。

「我是一個社運分子。」諦娜第一次看到我的時候就這麼跟我說。她開頭就表明，她想要談的是與生涯發展相關的主題。她的性別、種族與家庭社經背景，讓她不得不去重新思考唸醫學院的可能性，她不想要自己被看不起，認為自己如果可以當個醫生，為什麼要當一個護士。他認為自己應該更努力，證明身為一個黑人女性，自己可以做到跟白人男性一樣好。諦娜一方面憤恨美國社會投射給他的刻板印象，卻又沒有辦法不活在裡面。

作為一位社運分子，諦娜顯然很清楚，自我身分認同（identity）給自己所帶來的影響。我和她第一次接觸的談話雖然名為生涯諮商，但是談話主題卻不停地圍繞著她是誰以及她對這個世界的不信任，還有這些如何影響著她選擇投入社會運動與議題圈。

諦娜表示她想要找同為非裔的心理師，她告訴我，她只想要跟非裔的心理師工作，「這是結構的問題」她這麼說。華人臉孔的我，在初談後轉介諦娜予我的同事諮商。但這次經驗不斷地讓我回想我在臺灣的社會運動經驗，在那些衝撞現場與發傳單、找人連署的運動之後，曾經一起哭泣的、痛苦的夥伴們，他們是怎麼變成社運分子、後來怎麼了、又去了哪裡。而我才又更深刻地發現，學習心理學六年，關於社會運動創傷的心理描述，卻都是教科書裡的缺頁。

小楓的故事：社運分子，成為一種身分認同

諦娜的故事告訴我，成為社運分子，對她來說是一種必然，只因為她在成為社運分子之前，已經有了一個對她來說註定要戰鬥的美國黑人的身分認同。這確實是一部分社運分子的圖像，但不會只有這樣。小楓（化名）的故事，讓我得以從不同的角度，理解社運分子的身分認同形塑。

小楓（化名）他來自農工家庭，國中畢業後選擇了一間離家近的高職開始就讀，家境雖不富裕，但父母對小楓關愛有加，給予他豐富的情感關懷與支持。小楓在高職第二年時認識了他的學長阿傑。阿傑長年投身社會運動，給了小楓許多不一樣的看法，在那之後，隨著公民運動越發青年化的時代浪潮，小楓早早地就踏入了社會運動的現場，參與了大大小小的社會運動，其中包含臥軌與擋拆等公民不服從行動。

追溯到最早小楓一個人獨自支撐起的議題推廣，是他在高職校園裡推廣的「拒絕第九節」聲援，高職生的校園環境比起升學主義掛帥因而標榜自由開明的明星高中更加保守，人來人往的人群，小楓是廣場上唯一一個拿著大聲公宣導口號的人影。同學們遠遠地看，不敢靠近小楓，深怕自己要是接近了就會變成和小楓一樣，變得和他一樣怪、一樣意見很多、一樣是師長的眼中釘、校園的麻煩人物。即使如此，不被理解的孤獨並沒有讓小楓放棄留在社運現場奮鬥，相反地，能不能理解議題、是否是一個有正義感的人、是否是「同溫層」，漸漸地成為小楓擇偶、擇友的條件。左派的政治光譜、進步派的分野，把小楓的世界大致地分成了兩半，一半推力一半拉力，小楓的世界基本一去不復返。

「老師，不是我做社運，社運是我的生活了。」小楓這麼說。

雖然社運圈、社運分子、社會運動，某種程度上像是其他種創痛如退伍軍人、性侵受害者……等等的受創者標籤一樣，都形塑了某種自我認同。但我認為，所謂社運人士的自我認同、身分認同，其內涵更具有能動性、可塑性。其原因乃是因為社運分子這個標籤本身，除了其受壓迫、感受到不平，更具有一種因為這些感受所已發聲的主動性。社運分子、社運圈的自我認同，也會隨著同溫層的書籍推薦、資訊交換，而有彈性擴展、變動的空間。

自我建構：以艾瑞克森的心理社會理論為例

美國著名精神病醫師艾瑞克森（E.H.Erikson）他認為，人的自我意識發展持續一生。他把自我意識的形成和發展過程劃分為八個階段，每一階段能否順利度過由環境決定的。

艾瑞克森的生父很早就離開了，母親帶著艾瑞克森再嫁給了一位醫生，儘管早年的婚姻不順，但後來遇到好的丈夫，成長的過程中，母親與繼父都給了艾瑞克森很多的愛，這也形塑了艾瑞克森的理論，充滿了積極溫暖的風格與意象。比方說，艾瑞克森認為某一個階段沒有處理完的議題，到下一個階段仍然可以修復與處理。比起古典精神分析理論中，佛洛伊德強調早年經驗對於成人生涯的決定論，艾瑞克森認為許多童年創傷、過去的未竟事宜，在人生的下個階段，是有被改寫、重新滿足、療癒的可能。

在發展任務中，艾瑞克森特別標注了青年的發展任務是「自我同一性和角色混亂的衝突（十二到十八歲）」，而成年早期的任務則是「親密對孤獨的衝突（十八到二十五歲）」

青少年期的主要任務是建立新的同一感或自己在別人眼中的形象，以及他在社會集體中所佔的情感位置。這階段的危機是角色混亂。「這種統一性的感覺也是一種不斷增強的自信心，一種在過去的經歷中形成的內在持續性和同一感（一個人心理上的自我）。如果這種自我感覺與一個人在他人心目中的感覺相稱，很明顯這將為一個人的生涯增添絢麗的色彩」。

艾瑞克森把同一性危機理論用於解釋青少年對社會不滿和犯罪等社會問題上，他說：「如果一個兒童感到他所處於的環境剝奪了他在未來發展中獲得自我同一性的種種可能性，他就將以令人吃驚的力量抵抗社會環境。」在人類社會的叢林中，沒有同一性的感覺，就沒有自身的存在。隨著自我同一性形成了「忠誠」的品質。艾瑞克森把忠誠定義為：「不顧價值系統的必然矛盾，而堅持自己確認的同一性的能力。」

另外，成年早期的任務是親密與孤獨，乃是因為，只有具有牢固的自我同一性的青年人，才敢於冒與他人發生親密關係的風險。因為與他人發生愛的關係，就是把自己的同一性與他人的同一性融合一體。在融合中，勢必帶來自我犧牲或損失，也因為只有這樣才能在戀愛中建立真正親密無間的關係，從而獲得親密感，否則將產生孤獨感。艾瑞克森把愛定義為「壓制異性間遺傳的對立性而永遠相互奉獻」。

之所以提艾瑞克森對這兩個階段的發展敘述，是因為在學生運動現場，例如在三一八時期，我們看到的是當下發展階段任務為「親密」十八至二十五歲的青年，而在二〇一五年，臺灣高中生反課綱運動期間，參與者則多數來自「人生階段任務為自我整合」的十二至十八歲青年。

長大的過程中，如果我們願意靜下來細膩體察，會觀察到，我們理解到、認知到的世界，他們都是**部分的我們自己**。每個人體認到的世界都不一樣了，取決於我們看什麼樣的書、讀什麼樣的報導、和什麼樣的人生活在一起，臉書上追蹤哪些人、IG上的追蹤清單。在一個人生活中一件「大家都知道的大事」在另外一人眼裡可能激不起一點風吹草動。我們以為的資訊流通，同時也造成了現代科技的社群部落，社群部落擁有強勁的連帶力量，在更年輕的孩童、青少年身上又可見一斑。國小六年級的女生如果要討厭另外一個人，已經不是透過眼神與瞪視來傳達，加個群組就可以講八卦。

當社會的風貌變得越來越多樣的時候，自我的風貌也會變得越來越多樣，我們需要分割出更多樣的自我，來和不同的社群、不同的價值體系互動。當我們分割出更多的自我的時候，若要根據艾瑞克森的理論整合這樣的自我，我們的任務就會變得更加艱巨。世界是一個現象場，我們眼中的世界，也反映了我們內在的樣子。我們如果越認識自己、理解自我對各種事物的感受與知覺，也更能夠去探討我們看見的世界背後的運作的道理。換句話說，越認識自己，也就越認識自己所處的世界。

我們可以這樣說，**追求對議題的瞭解與參與，是在發展階段中，追求同一性的過程。而追求同一性，勢必要經歷自我整合，而自我整合的要件是，我們得要對內在的**

各個自我，都有同理心。你我對每個內在的聲音，有好奇，有理解，我們透過不同理論、不同知識、不同觀點，去看待自己的內在的每個部分，而不是只是告訴自己，那個自我不好、那個想法很糟糕、那些事情都很討厭，不分青紅皂白，沒有好好地看待歷程，就把那些想法壓下去。如果那下感受、自我的面貌一直浮出來，去理解，是和解的唯一可能。因為自我是丟不掉的，試圖把自己丟掉，是對自己的否定，也是另外一種壓抑。

啟蒙與敏感

同溫層又是靠什麼去區分的呢？我問小楓。

「就看你有沒有經歷過啟蒙。」小楓這麼說：「啟蒙之後，你才有機會對一切開始感到敏感，你才會有敏感度。」

前陣子討論度極高的一本書《高敏感是一種天賦》，臺中引書店的許皓甯在討論這本書的時候，說到其實各種專業人士都是該領域的高敏感者，例如設計師對顏色敏感、音樂家對音準音色敏感，這些都是受到訓練強化後的技能。但也有些高敏感的養成過程或許很難讓人充滿感激，那就是創傷造就的高敏感。我熱愛的Podcast頻道「衣櫥裡的讀者」的主持人黃星樺，曾在臉書上聲援過臺灣二〇二三年六月的#metoo運動，提到了一位讀者投書的故事，我認為這個故事完美說明了，性侵讓受害者的大腦對於與加害者有關的訊息進行了極化的現象：

……當事人並沒有花很多篇幅描述父親對她做的事情，反而是特別花篇幅去描述「父親進房以前，日光燈被打開的聲音」

原來當事人的房間在家裡的二樓，父親每次喝醉酒回家，就會闖進當事人房間裡強抱、強吻當事人。而父親每次要進房以前，總是會順手打開房間外面的日光燈。很可能，這位父親根本從沒注意過自己有「順手打開日光燈」這個習慣；但是對當事人來說，這個聲音卻總是向她預告了即將發生的事，所以她非常、非常痛恨這個聲音。

對我來說，這件事情最讓人心痛的地方就在於「日光燈被打開的聲音」，是生活中多麼尋常的一種聲音，一般人根本不會去注意。但是對上面那位當事人來說，即使在她長大離開家之後，每當她聽到「日光燈被打開的聲音」，就有可能引發她的創傷反應，使她再次掉入到痛苦的深淵。

這就是為什麼，在Metoo的經驗陳述裡，經常都會有很多「看起來並不重要的細節」。因為所有那些細節，都和創傷經驗糾纏在一起。這些細節不會只發生在事件的當下，而是會不停地發生在往後的日常生活裡，一次又一次啃噬著人心。而這種經驗、這種感受，沒有經歷過的人很難想像得到。

創傷讓我們對任何與危險相關的蛛絲馬跡變得異常敏感，也必須要變得異常敏感。對社運人士來說，對政治國家議題的敏感度，一方面或許是因為專業訓練所養成，但一方面也同時受社會運動創傷的作用。**社會參與包含覺醒與啟蒙，也就是說，社會運動，同時具有啟迪性也具創傷性**。療癒可能是動機，但要透過社會參與完成療癒，卻又是更後話的事了。

啟蒙如何發生

我常聽社運圈、學權圈的人提到，做議題時常是一趟「回不去」的過程。一旦新的、看待世界的方式與角度被打開，個體會經歷一連串的衝擊，適應這些衝擊的過程有可能是很不舒服的。用心理學中「基模（Schema）」的概念去談，基模作為人認知的最小單位，我們仰賴各式基模來認識這個世界。例如說，幼兒第一次接觸到水的環境通常是洗澡時，每次洗澡，媽媽都會和孩子說：「是不是要洗澡澡？」孩子於是對於水的概念就是洗澡。某次媽媽帶孩子去海水浴場，孩子看到大片的海，便指著海大喊：「媽媽！我要去洗澡！」

作為成年人的我們聽到這句話可能都會笑出來，但是孩子的世界裡對於水的認知就是洗澡。若要吻合世界的溝通模式，孩子的內在勢必去修正原先對於水的認識，理解到「在浴缸與浴室裡的水，是洗澡用的水」，而在沙灘旁的水，人們稱之為海。進入海，是去玩水，不是去洗澡。

一生中我們會經歷成千上萬次對於基模的修正與增長。對於政治的覺醒也難逃此定律，我們可能會從粗糙的、解析度較低的「政治就是藍綠惡鬥」開始認知臺灣政治，再透過閱讀、知識累積、人們交談的過程中，開始更認識臺灣的政治演變過程，逐漸對於臺灣政治有除了「政治就是藍綠惡鬥」之外的理解。

這個過程中，我們也可能經歷認知失調的歷程，而我們選擇如何去調適認知失調的過程，也決定了我們看世界的方式。

認知失調指的是，我們在成長的過程中，觀察到對立的訊息。這些訊息包括人的行為、情緒、想法、信念、價值觀，外界環境中的事物等等。我們觀察到這些外界的訊號與我們內在的思想與價值、自我概念互相違背時，我們就會產生內在的焦慮跟壓力。

根據利昂．費斯廷格（Leon Festinger）提出的認知失調的理論，為了緩解這種壓力與不適，人會努力更改矛盾的認知，使自己的認知調和一致。以正在減肥與吃炸雞的認知失調為例，調和認知的方法包括：

更改對自己行為的認知，「我只吃一點而已，應該還好」。

增加一致的認知，「炸雞應該算蛋白質，是營養的」。

降低矛盾的重要性，「有時候不減肥也沒關係啦」。

否定兩種認知間的關聯，「沒有實驗證明吃炸雞會直接導致肥胖」。

降低對於自身控制的認知，「我是被情勢所逼所以必須得吃這塊炸雞」。

更改自己的思想與態度，「我其實沒有想要減肥，只是因為礙於社會的期待以及希望別人喜歡瘦下來的我，有時候允許自己可以吃一點讓自己開心的食物也沒關係」。

以政治的啟蒙帶來的認知失調為例的話，過去的我成長在一個非常親中的家庭當中，小時候也被父母教導「臺灣自古以來就屬於中國」的想法。但我在臺灣出生長大，觀察到臺灣的政治體系實際上與中國完全無關。我便會產生認知失調，要調和這種認知失調，有幾種做法，包括更改對於現狀的認知（「只是用不一樣的錢、不一樣的政府，也許某種程度上，臺灣是中國的一部分」）、增加一致的認知（「我們都講中文，應該還算中國人？」）、降低矛盾的重要性（「哪一國哪有重要？賺到錢就好了啦！」）、否定兩種認知之間的關聯（「生活起來完全無關，跟實際上是不是屬於中國也沒有關聯。」）

如果我要完全解決這種認知失調，最適恰的做法或許仍然是最後一種，也就是更改自己的思想與態度，理解到「臺灣確實不是中國，我的爸媽告訴我的是錯的。」不過，要理解到臺灣確實不是中國，並且我的父母是錯的，對於高中時的我而言，屬實是困難的。

困難的並不在於前者，而是後者「我的父母是錯的。」我們可以這樣說，某種程度上，那些青少年時期、乃至成年早期才經歷啟蒙的社運分子，必定得要經過否定父母、否定過往的思考、否定過去的人際連結（例如，老師、朋友……），並在否定之後進行調和的歷程。而越是處境不利、低社經地位、政治環境保守的家庭長大的孩子，所面對到的衝擊感，勢必越大。

我們能選擇啟蒙嗎？

我們可以得出一個結論是，啟蒙的歷程原來並不好受，並且會帶來諸多晃動，關於啟蒙會帶來怎樣的晃動，甚至會不會產生傷害，我們在前篇〈發聲練習II〉中會談到更多。啟蒙並不象徵全然的救贖。科幻片《駭客任務》（The Matrix）中，墨菲斯讓尼歐選擇兩顆不同的藥丸，一顆藍色、一顆紅色。「如果你吃藍色藥丸的話，你醒過來就會忘記這一切發生過，你將回到你原本的舒適圈，回到你那平庸無奇的生活。」

他繼續說，「但如果你選擇吃下紅色藥丸，你將覺醒，而覺醒的世界，就像是愛麗絲掉入了小白兔的洞。」

墨菲斯沒有說的是，那個小白兔的洞並不富麗堂皇，他沒有說，覺醒後的世界，具體要承擔什麼樣的痛苦。選擇具有批判性地、思考性地活著，或著站在處境不利與弱勢族群的立場上努力，本來就是一件需要一定的認知思考能力，並且很可能本來就是一件吃力不討好的事。

不過，關於「啟蒙的選擇」，我更喜歡二〇二三年，由葛莉塔・潔薇（Greta Gerwig）執導的《芭比》中，怪芭比拿出高跟鞋與平底鞋要芭比選擇，她問芭比，你可以穿上平底鞋去追求真實，或是選擇什麼都不做穿回高跟鞋。

這個時候芭比說，她「絕對選高跟鞋，絕對選高跟鞋的啊！」她表示自己「根本不想要改變。」但是怪芭比說：「錯，你沒得選，我只是看似給你選擇讓你有一種自主的感覺，實際上你就是要選平底鞋。」鑑於《芭比》是一部女性主義的作品，這一幕也回應了許多女性主義者們的掙扎：人生充滿改變，根本沒有不變的選擇，改變是生活的本質。你以為我們可以選擇不認識女性主義？不開天眼嗎？你以為我們不知道認識女性主義之後看更多事情會不順眼不開心嗎？錯，我們根本沒得選，一旦作為人，掉出了集體想像之後（也終將會掉出），就是得面對生命體受壓迫的狀態，認知到世界的不完美與殘忍。

回到社運人士、社運參與者、覺醒青年們的啟蒙，我想，或許更多時候，這些啟蒙並非由得我們選擇，一旦看見了、聽見了，我們便不再能裝聾啞，無法回頭，勢必得與啟蒙帶來的變動一起生活下去。也是這樣的啟蒙，帶領著我們到街頭，並讓我們的生命，啟動了一聯串的化學連環反應。

當單兵成為傷兵

目睹社會運動現場的暴力、肢體衝突，以及社會運動夥伴的死亡，都在社運參與者身上留下程度不一的創傷。其中，這些創傷又會因為個體的社經地位、權力位置、乃至情緒資本的不同，讓每個人對同一個社會運動、集會現場，有不同的詮釋、獲得，或是失去。

人們的創傷並不平等相通：爭吵不停的選擇、重複的替代性創傷

在討論單兵成為傷兵的過程中，我們可以先有一個理解是，即便同樣都是政治工作者、社會運動參與者，人們仍然如此不同。如此不同的我們，來到同一個地方、為同一件事情發聲，是因為我們對於特定的事情有類似的想像之外，並且也想像在街頭上的我們是「同一夥人」，如同前面我們提到的社會運動不只是一場運動，更是一種認同。

人類是居住在想像共構的社會之中，從漢摩拉比法典時代，人們相信太陽神漢摩拉比的契約，到貴族時代，人們相信貴族與皇權、教會的力量；再到近代，人們相信資本的力量。人類需要仰賴各式各樣的共同想像，才有辦法與他人互動，相信你為我族者、你跟我站在一起，這個力量神奇地推動人類幾千年的歷史。

即使到現代，我們也難以逃脫想像的共構。即便後現代、後殖民主義的論述與

起，等待著我們的、更令人困惑的，是解構了之後，我們的社會應該要往哪裡去？我們渴望的是什麼樣的生活？下一次又該追求什麼樣的理想、宗教、與神祇？

站在街頭上的日子，我們以為我們都「站在一起」，但實際上，在運動現場，人們各自不同，除了在同一個現場、可能在非常特定的議題上，擁有相較下相似的價值觀，除此之外，別無類似。社運現場的苦痛，仍然不平均受到階級、種族、性別劃分。弱勢的族群在社運現場上仍是弱勢，既得利益在社運現場上仍掌握大多數的話語權。運動結束後，能夠進入體制內，收穫政治利益的，也通常是原先就掌握知識、技術、人脈的菁英階層。

這也導致在社會運動創傷的判斷困難。是因為人本就處在處境不利的狀態下，進入社運現場，才會因為弱勢權力體本身的易受性、脆弱性，在社運現場上的動力與拉扯，再次地受到創傷。

我們可以這麼說，社運現場的創傷，並非平等地發生在每個人身上。這也是為什麼有些政治菁英、一開時就掌握較多話語權，日後透過社會運動的經歷進入學生會、國會、議場，甚至成為大型科技公司的發言人。但同時，臥軌工人、反迫遷的擋拆團，卻無法享有同等的政治利益。我們甚至可以在同一個社運現場、同一個價值取向上，看見截然不同的文化氣息與政治語言。

差異並非在社會運動現場才產生，社會運動只是更激化了這樣的現象。這樣的現象，即便在強調平等、強調重新分配的社會運動現場，都避無可避。而在離開社會運動之後，差異也只會更加極化。

暴力在政治場域、心理場域，發生了什麼事？

「壓迫」是怎麼發生的？在美國求學的過程中，課堂中一再出現的系統性創傷（Systemic Trauma）討論，讓我驚覺在臺灣關於集體創傷論述的缺席。

什麼是集體創傷，集體潛意識呢？以美國黑人的處境為例，上個世代已解除黑人奴隸制度，可是直至今日，美國黑人在美國的整體社經情況仍然不樂觀，黑人群體佔據貧窮人口的大多數，監獄中黑人人口的比例也仍然居高不下。這代表歷史上的不公與歧視，並不會只因為制度的改變就得以全盤解除。過去的黑人奴隸制度、白人對黑人的剝削與歧視，都形塑了文化中對黑人的貶低，也進一步讓弱勢群體內化這樣的價值觀，形塑黑人對黑人自己的貶低，影響著當今美國黑人的心理狀態。我們可以觀察到一個事實是，創傷是會代間延續，一代傳承一代。這包含著，美國黑人母親懷胎時，壓力賀爾蒙可體松，可能間接影響胎兒的發育；而黑人父母親如何看待自己的方式，影響了他們看待孩子的方式，而即便一個成長在健康溫暖家庭的黑人，他們也都還是可能在學校、社區，經歷、制度、人際互動上的的各種或明顯或隱微的歧視與壓迫。

系統性的壓迫、歷史上對特定族群的歧視與鞭笞、虐待，都是暴力循環的一部分，無論如何，人終會對暴力與壓迫做出回應，而社會運動現場中，不同的回應方式，也會激起不一樣的，個體內在的受傷。

以非暴力與和平抗爭回應壓迫

一九六〇年代，馬丁・路德・金恩領導美國黑人民權運動時，他要黑人不要拋下對種族主義的憤怒，因為憤怒本來就是對不正義體制的正常反應。金恩鼓勵人們應當儲存這種憤怒，將憤怒轉化成對未來社會的想像，或是創造有創意的非暴力社會運動。因為，真正正義的行動不是訴諸暴力的革命，而是將群眾面對壓迫的力量轉化、昇華成對未來有利的非暴力行動。

預兆式政治的核心是，追求的目的不應於手段違背。你實踐、追求理想未來的方式，應該要與我們的期待未來相符。假如我們想要一個非暴力社會的未來，那我們現在改變社會的方式，就不應該使用暴力。因為我們的行動本身就展現了未來社會的樣子。

金恩使用非暴力的行為，也成為當今公民不合作運動中的一派主流聲浪，許多人跟金恩一樣相信，只有透過非暴力的抗爭，才能取得敵對團體、政權的信任，雙方可以基於對彼此的信任，知道這不是戰爭、不是叛亂，如此才可以進入談判的階段，抗爭者也才可以因此讓掌權者做我們要他們做的事。

然而和平抗爭與佔領，仍有可能被視作違法行為，在事後被清算。另外，和平抗爭的困境是，一旦我們遇到一個不打算讓步的掌權者，抗爭者的訴求並不會被聽見，如此一來，壓迫不會被改善，抗爭者內心的失落與痛苦想要修復，更遙遙無期。

不合作運動的提出者甘地，一九二〇年在印度以非暴力的不合作運動向英國殖民政府抗爭，前後長達四十年之久，期間經歷多次談判，但都無法讓英國政府放棄英國在印度的殖民利益。英國政府認為，掌管印度的政權，是英國政府對印度的教化責任。他們不願意在對諸多對印度人不公平的法律制定中退讓，同時也透過各種方式限制印度的民主權、自主權。

當時，甘地提出的不合作、非暴力運動其實一直沒有起作用，真正讓英國政府改變態度的，反而是因為甘地每次號招群眾運動，英國政府都對其充耳不聞與忽視，讓在場人民累積了情緒，因而引發衝突與暴動。這樣的衝突與暴動逐漸擴大，英國政府才開始因為擔心印度會全國暴動，逐步地對人民讓步。事到如今，反而是群眾的暴力解除了殖民狀態，不是甘地的非暴力不合作運動奏效。

作為衝組

有人說，一場運動裡總是需要衝組，總是需要鷹派跟鴿派。要有鷹派讓這個政府知道這個嚴重的議題已在眼前，再不處理，交通與行政會持續癱瘓，不得不處理。同時也要有鴿派，在這一切動亂的後面要有明確的訴求。類似的狀態，在政治光譜的表現上也有類似的道理，有人高喊「我要性解放」之後，「我要同志婚姻」對保守派來說就沒那麼駭人。

政治上的衝組、運動現場上的衝組，亦有其背後的心理動力與內在需求。南非過去長期被白人殖民，一九五〇年代，南非黑人領袖曼德拉帶領南非人民進行非暴力社會的運動，希望可以改變南非的種族隔離制度。曼德拉用盡各種的非暴力抗爭手法去抗爭，其中包括了受甘地啟發的不合作運動、靜坐、遊行……種種方式下，卻無功而返，無法開啟與殖民政府的談判，反而換來暴力的鎮壓。後來，曼德拉成立了武裝革命組織「民族之矛」，展開二十多年的破壞行動與游擊戰，最後才迫使南非白人政權廢除種族隔離制度。

《黑皮膚，白面具》的作者，同時也是心理分析師的法蘭茲・法農（Frantz Fanon）認為，暴力並不緊緊只是一種革命的手段，更是一種受壓迫者得以自我實現的「心理補償」的手段。我們透過身體參與暴力的過程當中，同時也見證了自己的能動性與主體性。在參與社會運動中的身體實踐、憤怒的展現，我看見自己不再只是一顆受人奴役的棋子、被異化的工具，我能看見自己是一個活生生、有靈魂、有血脈、有過去、有憤怒的人。

法農認為，這個過程導致了新的自我覺醒、自我認同。也是因為這樣，非洲黑人的心理認同不再是「法屬非洲人」「英屬非洲人」，而是能夠與受壓迫的同胞一起創造一個新的集體認同、一種新的自我的概念就能夠誕生。

法農發現，暴力成為受壓迫者的心理治療。

反觀透過與美國白人政治交涉而獲得平等法律權益的美國黑人，長期做著戰爭、運動、反擊、推翻的夢。法農認為，這些夢是美國黑人的心理補償機制。因為在現實生活中得不到的，在夢裡面獲得完滿跟解脫。也有許多人因此認為，美國黑人所遭遇的困境就是因為他們的權力並不來自暴力的革命，而是非暴力的斡旋結果，他們沒有經歷過那個透過宣洩而找回新的自我認同的過程。也因此，美國黑人難以感受到自己被賦能，他們的權力是「被給予」而來，而作為一個被動的客體，他們也因此仍然持續地感受到殖民、奴役。

所謂以死明志

目睹一個人的自殺，就像目睹暴力一般，都同樣讓人受創。

不論是創造新法律的法國大革命，或保護現有法律的過程中警察的鎮壓，哲學家華特・班雅明（Walter Benjamin）認為，這都是將暴力視為法律與秩序的服務工具。當人們試圖以理想的目的來合理化當前的暴力行為時，卻反而使人類歷史陷入一個使法律凌駕生命的暴力循環。

班雅明認為暴力的純粹性對應於人類早期社群所過的純粹生活型態，在人類文明發展的過程中，班雅明認為由於工具理性的介入，暴力純粹性開始消逝。與此同時，保護現有法律的暴力（law-preserving violence）逐漸取代創造新法律的暴力（law-making violence）。班雅明認為革命的力量原本是充滿活力與生命力的，但在國家發展的過程中，生動的革命力量漸漸僵化，公民與執法者認知到的法律，漸漸在避罰服從取向的道德認知層次上，維護了現行僵化的法律暴力（legal violence）；暴力因此產生「質變」。（王瀚陞，2006）

藉由提出神聖暴力的概念，也就是個體對自己的暴力，班雅明不僅抒發其對於純粹生活的烏托邦式想念；他同時也針對暴力的墮落提出指控。班雅明認為，神聖的暴力，能夠超越以暴制暴的循環，並不再受限於特定目的和手段，而是純粹地展現生命的存在，即便在法律被擱置的情況下也能如此。當感受到體制的不公、無法動搖體制的時候，選擇結束自己的生命或許可視為一種神聖的暴力。透過暴力來表現自己的生命，或許可以是對一個不公正世界的最大程度反抗。因為，當神聖暴力發生時，它既非為了創造新的法律，也不是為了維護法律，而是讓人們看到在不正義的環境中，生命仍有獲得救贖的可能。在這個不公正的世界中，生命按下了暫停鍵，呼籲不公不義的政權，聆聽人民的聲音。

這也呼應了在〈剎那與永恆〉中，大林寫給凱的遺書中提到的段落：

……我想再對你多說一點。前些陣子，我重讀了《規訓與懲罰》。從中我體認到一件事情：身體是權力運作的最終場域。也就是說，當誰沒有了身體，權力就再也、再也沒辦法在誰身上運作。

……所以，取消身體即是取消權力運作的場域。Nylon 的死體現的不會是「我死在權力之下」，而是「權力死在我的死亡之下」。

不正義的權力死在了大林的生命之下，要的是這個麻木不仁的體制感受到真實的血肉的吶喊，即便只是那麼一瞬間。

反抗的限度

……但他們還是選擇來到現場，他們在本來的高中校園可以過得很順遂，但是他們因為覺得這場運動是值得投入的，所以他們根本來的人際圈產生了斷裂，他們的朋友可能會質疑他們為什麼要這麼激進……可是，真的值得嗎？

事到如今，我也還是會時不時，想到那些因為議題而離去的朋友，也會困惑，值得嗎？自我的死亡是不是對抗暴政的唯一可能？就算是，真的值得嗎？

「人應從世界的荒謬中認清自己，珍視自己的存在，不讓自己的存在被壓迫。遇到被壓迫、權利被剝奪，需要起來反抗，反抗則把個體連結成為群體。」「但反抗必須有限度，限度是要尊重個人的性命，不能如同革命要求人們為了未來不知道是否可以實現的飄渺理想來犧牲性命，要人接受專政、被迫勞動、為國家無限付出。」（卡繆《反抗者》）

有學者指出，文化像是精神的感染或寄生蟲，而人類則是毫不知情的宿主。寄生蟲或病毒在宿主體內棲息，進行繁殖和傳播的同時，從一個宿主跳到另一個宿主，奪取養分，使宿主變得衰弱，有時甚至喪命。對於這些寄生蟲來說，只要宿主能夠活著，它們便鮮少關心宿主的狀況。

文化也以類似的方式寄生在人類心靈深處。它們從一個宿主傳播到另一個宿主，有時讓宿主變得虛弱，有時甚至導致宿主喪命。例如，某種文化概念（如基督教中的天堂）可能讓某個人致力於傳播這種思想，甚至犧牲自己的生命。於是，雖然個別人類死亡，但這些思想卻持續傳播。

這種觀點認為，文化並非某些人為了剝削他人而設計的陰謀，而是因為各種機緣巧合產生的心理寄生蟲，從一開始就開始剝削所有受到感染的人。

如果這個文化的概念是軍國主義、大俄羅斯主義，我們大致都會同意這沒有什麼問題，但如果這個文化的概念是民主或是臺灣獨立，我相信就會有許多人氣得跳腳。然而，無論再怎麼生氣，民主與國家，都是一種虛構的真實。追求民主的過程中，為什麼一定得拿個體的生命與苦痛去兌換，我們追求的民主中，難道不包含著對個體的寬容與接納，允許自己快樂與幸福嗎？

資訊流通的二十一世紀，青年的樣子出現諸多轉變，多元的獨立聲音出現，我們越來越難對單一的、唯一的、主流的，聲稱為真理的價值買單。會不會追求個體與身邊的人善良與幸福，才是我們邁向自由與平等社會的唯一解？這個答案，將交給每一代追求自由民主的青年們去回答，由每個人決定自己的答案。

但在找到你的答案之前，留下來的我們，請肯定自己有悲傷的權力，面對夥伴的逝去，我們感受到的痛，除了對關係本身的痛，對運動、對社會、政府感到無力與沉重的痛與質疑，也都會在夥伴過世的一瞬間襲來。

如果你看到這裡，感到相似的創傷在你身上發生，那些感受不停來訪，請先照顧自己。維持穩定的生活作息，是在遭逢生活巨變與情緒波動中站穩腳步的最佳基礎，請試著規律起床與就寢時間、三餐定時及均衡飲食、保持原有的運動習慣、持續上班或上課等。試著尋求專業協助，例如心理諮商資源。也請不要害怕和你的夥伴們訴說這些感受，把感覺說出來，才有宣洩，並且理解的可能。

我們可以一面相信他們的離開有其意義，也繼續相信，我們的存在也有其意義。

復原的道路

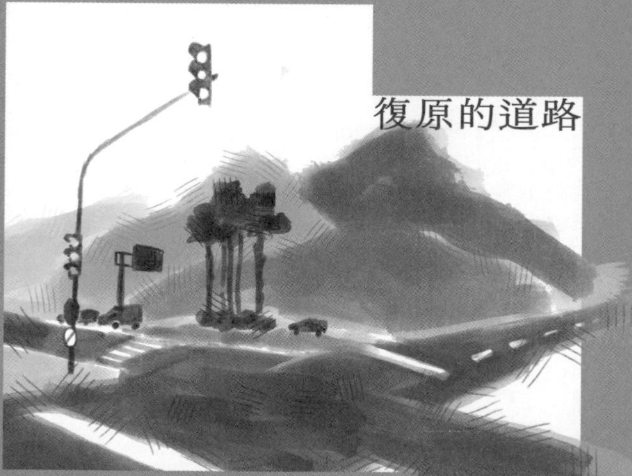

走在復原的道路上，除了想辦法長出力量來治癒自己，還要一面抵禦外在的惡意。面對受創的人，人們容易有幾種反應，其中一個是受創者終其一生最用力地在面對的，是來自外界對於創傷是否存在的質疑。「這真的有這麼嚴重嗎？」不僅僅是懷疑事件的嚴重性，受創者也時常會因為不穩定的精神狀況，被指控他們所述說的事件過程不可信。類似的狀況，在第二章〈剎那與永恆〉的自殺者身上也有相似的處境。在社運現場以死銘誌的人的意思與理念，就算後人替其延續，都有可能遭反對者攻擊：「他就是發瘋了才會去自殺，你還相信他說的話是真的。」

加害者為了脫罪而否認受害者的敘述是可以理解的。但在臨床工作中我們時常會看到除了家害者以外的其他旁觀者、家屬、乃至社會大眾，也會傾向要求受害者沉默，或是懷疑受害者的人格、精神狀況。從家內性侵、家暴，乃至白色恐怖政治暴力的創傷研究，都有出現這樣的現象。相較於受害者，加害者反倒因其本身俠代的社會、文化、經濟資本，使得他們看起來人格健全、品德無蝦。相形之下，看起來脆弱、痛苦、言語破碎、難相處的受害者，則容易被群眾屏棄、質疑。

為何揭露真相總是困難？為何世人不願意相信創傷的存在？根據社會心理學，我們傾向否認無辜的人受害的社會現實，乃因這樣的現實打破了我們的「公正世界想像」。為了保有我們心中對於「善有善報、惡有惡報、社會是公正的」的想像，我們傾向不去聽、不去看那些真實發生在我們身旁的悲劇故事。佛洛伊德趨力理論中也提到了，我們的心靈裝置會以耗費最少精力，在最短的時間內恢復內在的認知失調為目標。然而，要讓創傷的循環得以停止，我們就無法保持中立。不選擇，就是讓不正義延續。選擇中立，就是站在加害者那一邊。

另外一項阻礙，是外在對於事件已經過去的質疑，他人可能會質疑：「這件是不是已經過去了嗎？」「為什麼你不能活在當下？」確實，沒有受過創傷的大腦裡有一個運作良好的大腦計時器，知道「每件事都有其極限，總有結束的一刻。」也因此讓許多經驗都別得可以忍受；但相反的，如果某些情況好似永無止境，就會變得難以忍受。我們可以從失戀或是悲傷的經驗中揣測，極度痛苦的情況通常會伴隨著「我永遠好不了」的感覺，所以沒有受創的大腦，會難以理解為什麼受害者的時間滯留在過往。

創傷這件事情有起點跟終點，創傷一定會在某個時間點結束。但創傷後壓力症案主面臨到的最大困境，就是這些創傷在他們的日常生活裡並沒有結束，他們會時常經歷情境的再現。對他們來說，任何時刻情境都有可能會再度出現，無論是清醒或是睡著。他們無法得知情境再現什麼時候出現，又會持續多久，而這也造成了他們的身心狀態仍然維持在創傷發生時的壓力水準。

理解我們可能遇到的阻礙，並在面對質疑的時候能夠提醒自己，外在的質疑背後的邏輯，是穩住自己的第一步。

理解治療的目標

創傷治療的挑戰不僅在於處理往事，更重要的是增加案主每天的生活品質。案主的創傷記憶之所以如此深刻，其中的原因之一就在於他們很難在當下感到自己真正活著。當你無法充分活在此時此刻，你就會前往那個，雖然痛苦但至少感覺自己真實活過也因而感覺歸屬的地方——即使那裡充滿恐懼與哀傷。

所以，只是消除痛苦是不夠的，消除痛苦這個目標導向的任務，只是減敏感，降低我們對於創傷的感受與反應，並沒有提升我們對於散步、煮飯、與人聊天、種花、擁抱時的快樂與富足的真實感受。若只是減敏，好似是另外一種麻木地活著，真實的人生將與我們擦身而過，他們也無法被安然擁抱、或是能在絕望的時刻被好好接著。只有當一個人真正地活在此時此刻，對目前的生活感到平靜、踏實與滿足，我們才有辦法在治療之中讓他們真正地回顧過去。

一個人啞了，卻還有那麼多聲音：面對沉默喧囂的創傷世界

試著表達

經歷傷痛後生還下來的人，也常常在人際中的不被喜歡、被討厭中掙扎。尼采說：「凡是殺不死你的都讓你更強。」於是人們也就這麼跟著說了，是的，殺不死你的讓你更堅強，但殺不死你的那些，同時也讓你重殘、讓你癱瘓、讓你陷入虛弱，讓你的大腦長期陷入交戰，讓你恨自己，懷疑自己，卻又不敢張揚核對。人們同時也對那些沒被殺死的，感覺討厭。就像尼采也說，當你凝視深淵的時候，深淵也在凝視你；與怪物戰鬥的人，要小心自己成為怪物。與創傷搏鬥的人，最令人遺憾的，無非是活成創傷本身。

活成創傷本身，意思是，我們可能感受到時空錯亂，覺得懸空、漂浮，覺得難以抓取，覺得沒有聲音，卻又覺得內在喧囂。而且難以表達，也難以受到肯認，我們可能出現如同〈鸚鵡，鸚鵡〉這篇中所描寫的感受。然而，表達卻是必經的，因為療癒的路需要走過情境再現與宣洩。人若不表達生命，生命如死寂。

創傷的風暴與人療癒自我的本能會出現衝突，衝突產生，言語勢必就變得破碎、凌亂。即便如此，還是要書寫、還是要說話，還是要行走、還是要去跳舞，不管怎麼

樣，就是要試圖表達，被其他人見證，也被我們自己見證，身上所受到的傷。

在表達我們受到社會運動創傷，並且能被他人肯認這些創傷的存在，如此來回對話的過程中，我們才有機會打造復原道路的地基。

打造各種形式的對話

對話本身，其實是牽一髮而動全身的事。那些跟你聊得來的人，除了大腦的認知功能完整，大多也與你的情緒同步。當你笑的時候，對方的鏡像神經元上的電流也會有所作用，他也會被感染你的微笑。研究結果一再證明，我們容易被與我們相似的、同步的人吸引。反過來說，受創者的大腦，因為創傷的原因，情緒難以與環境同調。他們前額葉與鏡像神經元，運作的方式，與凡人並不相同。我們以為創傷是一種心理的想法，但實際上，創傷已經可以在fMRI（功能性磁振造影）上，被研究員所觀測到。

有些人天生就知道要怎麼樣與人連結，甚至對於如何幫助創傷倖存者極具天賦，他們僅僅只是憑直覺，就知道該怎麼做。史帝夫．葛羅斯曾經負責創傷中心的遊戲課程，他常抱著顏色鮮豔的彩色海灘球在門診區走動，若看到候診室有生氣或呆住不動的小朋友，立刻對他們送出大大的微笑。一開始，小朋友很少會回應，但史帝夫不久後就會走回來，然後「不小心」把球掉在小朋友旁邊，史帝夫會彎腰撿球，輕輕把球推給小朋友，而小朋友則會不大情願地把球推回給他。漸漸地，球就在兩人之間來回傳遞，沒多久兩人臉上都會出現笑容。

透過這個簡單、有節奏的「協同活動」，史帝夫創造出小小的安全環境，讓社會連結系統重新出現。同樣地，嚴重受創者只要在開會前幫忙排椅子，或是和別人一起照音樂節奏在座位上打拍子，所得到的都會多過坐在同一張椅子上討論自己生命中的失敗經驗。有件事很明確：對失控的人大吼大叫，只會讓他的混亂雪上加霜。正如小狗被你罵時會退縮、聽到你逗牠玩會搖尾巴，人類聽到苛責的聲音也會害怕生氣或關閉自己，對開玩笑的語調則會敞開內心、感到放鬆。我們就是會對這些安全或危險的訊號有反應。

同樣的，藝術、舞蹈、體育，也都是有節奏的協同活動。數以千計的藝術、音樂和舞蹈治療師為受虐兒童、創傷後壓力症士兵、亂倫受害者、難民、酷刑倖存者做出成果耀眼的治療，也有許多紀錄證實這些表達性治療的效果。雖然我們還不知道這些方法到底是如何在我們的大腦與身體作用產生療效，這樣的未知狀態，也使得表達性治療再進行研究時，時常遇到邏輯上的批評，相對而言經費也可能受到縮編。

藝術、音樂和舞蹈，就是能夠繞過恐懼造成的失語症狀，並且在這些律動之中，受創者得以與自己的身體對話，在對身體的控制中，獲得一種安全。也或許因為這樣，世界各個文化都以這些方式治療創傷。潘尼貝克和舊金山的一位舞蹈及動作治療師安・克蘭茲曾做過一個很罕見的系統性研究，比較非語言的藝術表達與書寫。研究結果表示，當非語言的藝術表達與書寫同時作用在個案身上時，個案的復原效果，比單純的藝術表達來得有療效。藝術、音樂和舞蹈，雖然能讓我們與失語的個案們做互動，但將受窗的經驗化為文字與語言，是療癒的必要條件。無論是何種語言，重點是，試著去表達。

覺察語言的限制

然而，語言也有其限制，若是不加以謹慎看待，很可能會造成受創患者再次的苦痛。語言雖然讓內在的苦痛得以外化，讓身體外的人得以看見我們的傷痛。但一方面語言具象化的創傷現場，也可能讓聆聽的人感到害怕，並使得敘說的人再次感到退縮、封閉起自己。講述痛苦事件未必能建立社會支持，而且往往適得其反。家庭和機構可能會拒絕揭發家庭暴力與創傷的成員，朋友和家人會對那些陷在哀傷痛苦中無法自拔的人失去耐心。因此，創傷受害者常常變得退縮，故事也常淪為機械式的敘述，並改編成最不會被排斥的形式。

改編成最不會被排斥的形式中，有些受害者甚至會變本加厲地，可能更討好地，試著讓創傷故事聽起來討喜。這是語言帶來的另外一個危險性，他們讓觀看的人誤以為他們應該要用評價藝術的眼光來評價創傷的表達。例如在〈鸚鵡，鸚鵡〉中，就有這樣的一個段落：

「天才與瘋子不過一線之隔。我不知道妳是天才，還是瘋子。」老師如此評價，並要她每週六到排練室報到。

有人讚賞她的演技。有人讚賞她的沉默。有人讚賞她的博學。不過只有她自己知道——她像野獸追捕獵物般追捕語言，他人的語言，為的從來不是，成為一個好演員。

精神分析學派中強調的「自由聯想」，就是希望透過沒有束縛的表達，讓潛抑在意識下的創傷經驗、因為害怕或羞恥而排斥在意識之外的經驗而得以浮現。同時，自由的書寫、語言的表達，無論是在治療室中，還是在劇場創作上，能夠表達本身，就成為首要目標，也是最重要的目標。

另外語言帶來的限制是，因為語言聽似、看似有邏輯，許多時候聽者會將其當作邏輯的推演，與說者辯駁。看似是來一場「蘇格拉底式」的辯論，實際上則可能是否定了受創者的感受。這是語言帶來的陷阱，他會讓我們誤以為自己的想法若是沒有道理，我們就應該要可以改變自己的想法跟感受。我們可能會想要挑戰受創者的內在信念、試圖去「重新建構」對方的認知。例如「你覺得運動不成功，都是你害的，但我們要把你相信的事拿來跟真實的新聞報導做比對」「你覺得夥伴會自殺，都是你害的，但我們應該要把這個感覺，拿來跟真實的心理學論文做比對。」

這麼做永遠無法幫助到受創者的原因是，顯然，這些道理他們也都懂，重點從來不是他們不懂、不知道，而是知道了，但還是這麼感覺、這麼認知、這麼思考。這些矯正性的資訊不太可能幫助到他們，除非我們真正進入，與他們一同進入他們內在的部分，陪他們一起去了解，為什麼事到如今，我們仍然需要那些恐懼與懷疑。大多數時候，是因為這些恐懼、懷疑、憤怒的負面情緒，有其功能與意義。

所以，當我們聽到不理性的想法的時候，別急著反駁，我會建議都把這些不理性的信念當成他們回憶情境時的感受，他們自己也知道這些想法是不理性的，但是他們都是「這樣感覺」，你必須停止與他們的感覺爭論，因為感覺沒有對錯，感覺就是他們的內在真實。你必須先同意一個人的內在真實，才能讓他與你之間建立信任的、安全的關係。

療癒的階段

療癒的道路十分長遠，重點也不在解決、遺忘悲傷，而是如何與苦痛共存，並從苦痛的感覺中長出個人的哲學觀。我認為，無論是哪個學派的治療理論，療癒必定行經：重構記憶與承認；哀悼與意義的展延；同理、探索、連接內在；重建連結這幾個階段。

一、重構記憶與承認

如同前面篇章所談的，看見是改變的開始。承認的意思是，助人者，以及受創者，皆同意，創傷是發生過的事實。然而，因為創傷的經驗與記憶的痛苦，以及人們對於苦痛故事的本能逃避，有可能在承認傷害的過程裡，助人者就發現記憶的偏斜、模糊、語無倫次。這時要承認傷害之前就需要先**重構記憶**。

二、哀悼與意義的展延

如同〈一與零之間〉語依回覆給阿加瑪的第一封信中，語依寫到：「……這只是我的猜想，我的直覺是，聽起來這位前男友，之於妳的意義非同小可，那些公共議題的探討似乎也不僅僅是公共議題，也象徵著其他東西。」

這句話的功能在於，我們在意的事物之下，有我們的創傷記憶的連動。受創之後的記憶，都會罩上創傷的濾鏡。在我們思考事物背後之於我們自己的意義的時候，我們會擴大意義、擴大思考、擴大記憶的延伸，並能在敘說的過程中，一併哀悼。我們讓創傷記憶跟內在的知識、經驗與智慧對話，更實務一點的做法，在諮商工作上有CBT（認知行為治療）、EMDR（眼動神經治療）等的處遇，若有需要可以去尋找在此方面有特長的心理師合作。

三、同理回應、探索、內在連結

要回應受創者，就像所有的心理治療與諮商一樣，助人者、聆聽者，永遠要記得自己要坐在同理的位子，試著去描述自己聽到的，而非急於給受創者建議。

〈一與零之間〉中：

阿加瑪：「坦白說——即使我非常不願意承認——我想，我之所以如此積極地投入社會議題，很有可能，和我的家庭有關。」——內在自我覺察與連結。

語依回應：「從妳的故事裡，我讀到了一種內在的缺，像是心裡的隧道一樣，在父母消失的那一天，就開始從我們的表面往下挖。」——同理。

在用心聆聽、努力同理之後，受創者能在助人者的陪伴之下，展開自我的探索，內在的連結：明白當下與過去的關係，明白過去某個時節點與更久遠之前的另外一個自己的關係。在這種「連連看」的過程裡，受創者可以越來越理解自己，理解的過程也能夠減少對自己的苛責。

四、重建人際連結

二〇二三年紅極一時，由謝盈萱領銜主演的臺劇《人選之人——造浪者》，有一幕是翁文方得知張亞靜過往被排擠、霸凌、冷落的過往後，說了一句很有意思的話：「你忍那麼久很了不起，你手都斷了」，這話來得有點突然。張亞靜有點懵，不太懂。翁文方接著說：「人是群體動物，被群體排拒，會感受到痛，會激發大腦裡面感受疼痛的區域，心痛跟手斷掉是一樣的」。

威廉斯與他的同事在二〇〇三年做過一個實驗，他們讓實驗參與者在網路上三人一組，玩「你丟我接」的傳球遊戲。而事實上，根本沒有另外兩位玩家。另外兩位玩家，是被預先寫好的程式。而且，他們會在遊戲進行後沒多久，兩人自顧自地玩，把真正的參與者排拒在外。「遊戲」進行的過程中，研究者用fMRI掃描了研究參與者的大腦，發現到在被排擠的當下，參與者腦部活躍的區域，跟身體疼痛時活躍的部位是相同的。所以，被社群排擠拒絕獲得的疼痛感，其實跟手斷了沒有兩樣。

社群能傷人很深，但遇到溫暖的、支持的社群，知道有跟我們類似的人存在，也能夠為我們的心靈，注入源源不絕的溫暖。

在我的臨床工作中，有許多案主都因為聽到跟自己類似的故事、聽到別人有相似的經驗但走能走過，向我表示他們：「覺得終於能被理解。」「我終於不孤單。」「療癒是有可能的。」「痛苦居然不是我想得那樣無止境。」理解他人跟自己一樣也有類似的經驗，對受創者來說也是很大的一個助力。

徐思寧在與陳潔皓共同出版的書籍《遠方有哀傷，此地有我》介紹影片當中提到，當初陪伴陳走過復原的路程，是看到很多國外的倖存者寫的一些復原歷程的書，其中一位家內性侵受害者說，他的復原之路是六到七年之後才比較安穩下來，這個資訊為他們帶來很大的安穩，了解療癒的路是如此漫長。

重建人際連結是如此艱鉅的任務，對受創者來說，心理創傷的核心經驗就是權能喪失和失去連結。在與他人重建連結的過程中，倖存者需要重新形塑被創傷經驗損壞的心理功能，包括信任感、自主性、工作能力、自我認同，和親密感。如果一開始便讓倖存者直接浸泡於信任感低、功利主義導向、疏離的人際環境，無非是對受創者的二次打擊與傷害。受創者很有可能在其中再次經歷人際的暴力，更加確信「我不好、我很爛、大家都不喜歡我、我有缺陷……等」的自我信念。

也因此，在初期對受創者來說，穩定的、安全的一對一的治療關係是必要的。因為一對一關係相較多人的人際關係，更單純，也能夠讓受創者不用一下子就勉強自己適應有複雜多重人際線的關係。同時，心理師、治療師本身的狀態也相較外在環境更為可控，我們被訓練要能夠對個案保持真誠，即便治療中有不快、不舒服的時刻，我們也被教育並且明白，我們應該能主動與個案爬梳我們內在發生的事，並且心理師也不應使用我們在日常中常看見的人際策略（如迴避、責罵）來回應個案。在這個時候，心理師/助人者的溫柔、真誠、接納，也關鍵性地影響了受創者未來的人性觀。

等到能在一些一對一的關係中感到安全，觀察到自己能夠重建一對一的人際連結後，我們可以試自己的情況，再朝向我們評估更安全的團體靠近。

傷兵回到街頭

「很高興妳問起我的事情！……有一次諮商，我問起我的心理師她脖子上的項鍊上面的圖案是什麼意思，我的心理師解釋完她的項鍊的由來之後，突然對我說：『歡迎妳重返人間。……我第一次問起她的事情，乃是因為我終於從內在的牢籠中走出，

開始有能力接納外在世界，並正視到我的治療師，也是一個人。』」——語依

是的，我確實認為療癒的最後一關，是回到社群，甚至是，回到街頭。

一開始，倖存者可以先從創傷互助團體、諮商團體開始。就看倖存者如何評斷當前自己的優先順序，有些人也會先從一些音樂性、藝術性的團體開始，而若是想要處理與創傷有關的議題，以創傷為焦點的團體或許是最適當的選擇。等到狀態穩定一點之後，倖存者也可能再次回到街頭。只是在這個階段參與社會運動的意義，和沒有意識，只是把自己的痛苦投射出去、進入社運現場的參與，有著截然不同的意義。在這個階段，倖存者會感受到自己參與社會運動是基於清楚的使命感。許多諮商學派都強調受創者投身自己到社會運動、政治參與中，能夠感受到個人的悲劇意義若能被轉化到真實的社會行動中，個人的悲劇就可能獲得超越與轉化。

不過，我卻認為個人的悲劇在社會運動要能獲得轉化，參與本身並不構成足夠的條件。我認為，受創者、倖存者，若要能將社會參與成為對自身的療癒，有幾個先決條件。

一是倖存者以獲得了第一階段的療癒，肯認自己過去的創傷與當前社會議題的相通性，明白自己的傷痛一部分來自過往，一部分來自當前社會。並且倖存者已走過創傷療癒的四大階段，在這樣的狀態下，倖存者才可能得以理解到，創傷不可能完全消

失，求償跟復仇的希望，不可能完全真正地實現，他們才能瞭解到，堅持加害者要對自己的罪行、過錯負責，不僅僅是為了個人的福祉，也是為了整個社會的健全。

換句話說，採取公開行動的受創者們必須明白，並非每一場仗都會勝利，在眼前這場大戰後，還有我們個人的戰場正在兵馬倥傯。我們絕不能以為勝利非我們莫屬，我們要能夠確實明白，光是有意願、有勇氣，跟加害者與強權針鋒相對的過程，其實就已經克服了創傷給我們帶來的嚴重後果：使我們動彈不得、使我們失能、沮喪。在我們投身戰場時，我們的自主性本身，就是對創傷的療癒，就是對加害者與社會的不公義的最大否定。

倖存者要能復原，絕非基於幻想，以為惡人都會被制服、傷害都會消失，而是充分領悟到，我們還沒有被惡意完全打倒，要懷抱希望，相信世界上一定還找得到愛，能修復自己。

創傷修復的路

前篇的小說，于玄分篇探討社會運動創傷的不同面向。在這裡，我希望可以引領讀者宏觀地來看整本書的敘事角度的改變。從〈零與一之間〉開始，本書的主要敘事者創造出一個角色，讓角色對話，再到〈鸚鵡，鸚鵡〉，敘事角度是第三人稱的描寫，主要敘事者創造出一個無法表達自己感受的阿加瑪。〈黑夜與白天〉中，書寫的角度成為第一人稱視角，書寫一段過去發生過的故事。最後在〈一與零之間〉的故事中，主要敘事者又再創造出一個a，並且這一次，用第一人稱書寫，講一個現在、當下的故事。

在這本書的過程中，這些角色都有各自有連結、雷同之處，差別的是角色名稱、視角與人稱不停地切換，其實就是讓我們看見了，自我與創傷逐步從遠到近的關係。換言之，我們與內在受傷的我，從原先隔絕、解離的狀態，透過不同角度的重複書寫與演出，我們一次又一次，接觸一個又一個片段的自我，一次的量都小小的，但逐步堆疊起來，自我的圖像就在一次次地抒發與宣洩之中，如同拼圖碎片，緩慢地完整。

創傷的敘事是不融貫的，一部分是對受創者來說，他們的語言可能破碎，還在震驚當中無法融貫，另一部分是，創傷的敘事本來就不應該融貫。在不融貫的書寫與敘說當中，我們才能透過不同的角度，有些遠的安全的，有的近得勇敢的眼光，看見每一片被創傷切得細碎的自我。

同時，如同我前面提到的內在斷裂，要修復內在斷裂的方式，就是要找回自我的感受，並且學著鼓起勇氣讓自我去接納自己的感受、肯認接納這些感受作為自己的一部分。當我們越是否定自己，就越可能將自我的想法、感受，任由別人代言。舉例來說，受創者不說他對某件事感受很生氣，反而會因為長期情緒被加害者否定，所以反而說，大家都對那件事很生氣，以增加自己生氣的正當性。又或者是，因為發生在自己身上的經驗太可怕，所以在敘說的時候編出一個他人，說那個人很生氣。

在逐步將人稱、敘事者的角度由遠到近書寫的過程中，我們也是在練習慢慢與自己的感受靠近。像我，從頭到尾都用心理學的角度在描述敘說這些創傷故事，一部分也是因為這個專家的角色讓我感受比較安全。但在〈一與零之間〉這篇故事中，我也扮演了語依的角色，用第一人稱的方式說話。從一個隱身在故事後面的分析者，到進到故事當中由第一人稱書寫自己的感受與想法，這也是我在面對我身上的社會運動創傷的過程。

修復創傷是沒有盡頭的任務，其中的工作更是永無止境。創傷事件的衝擊會不斷地迴盪在倖存者的人生當中，某個復原階段已經獲得解答的事，也許在下一個人生階段又會再次以不同的姿態回到我們的生命之中。戀愛、結婚、生子、死亡、退休或生病，都可能一再地勾動過去的創傷事件。

我們要對自己保有溫柔，明白給創傷空間，就是給自己空間。接受我們復原的道路可能一走再走，擁有這樣的彈性，反而能是保護我們最有力量的韌性。在完成一次又一次的復原工作之後，倖存者面對人生時，還是可能會有幻想、有憂鬱、有悲觀、有絕望，但更多的是感謝。我們也因此更學會珍惜與歡笑，能感受什麼是重要的、什麼不重要。我們能夠更加清明地面對惡意，並知道要與善良的人事靠近。以往，倖存者終日要面對死亡與莫名迫害感的威脅，走過創傷，如今，我們更懂得如何真誠地擁抱生命。

創傷修復的路上，你與我都在路上，我們不孤單。

此致，感謝所有因緣際會來到街頭，並再自街頭回到各自生活中的人們。是你們將生命的傷熬成溫柔，燒成正義與憤慨，過程難免疼痛，還請記得，要在歸去後的寒冬，要將自己抱暖，與愛人相擁。

再見之前

土炮閨蜜書信對談——這終究是一本更接近「幸福」的書

林于玄（本書作者）X洪萬達（詩人）

林于玄：

《傷兵不在街頭》（以下簡稱《傷兵》）完稿後，我做了一個統計：「幸福」這個詞彙出現的次數（二十二次）比「悲傷」（十八次）多。我覺得這個統計非常有趣。我想這樣說——這終究是一本更接近「幸福」而非「悲傷」的書。儘管幸福在這本書中，是與悲傷糾纏不清的。

寫作期間，我曾反覆閱讀你的那首詩〈插曲：幸福〉。你寫：「我答應妳，有一天我也會讓妳感到／悲傷」幸福何嘗不包含悲傷的可能呢？最終，我在〈黑夜與白天〉的最後一句寫下：「這一刻，我終於感覺，有些悲傷。」

洪萬達：

「這一刻，我終於感覺，有些悲傷。」應是你最後集結成書後補上的？我記得原本的收尾是「很久以後，我會想起曾經在這裡跟你看月亮。」

關鍵詞統計這件事我沒有做過，妳應該也不是先想好關鍵詞再去進行創作，這份統計表有趣，但不會做為我參考的依據。難道這些關鍵詞多，就成為了一種重心嗎？那麼那些彌足珍貴，例如，極少說出的「愛」，難道就不是一個重心嗎？這是我認為這份統計表無效的主因。

〈黑夜與白天〉是我讀到目前為止依然比較反彈的作品，我總感覺裡面的很多段落有機械降神的感覺，例如《會飲篇》。我最喜歡的段落是與以憂的公投爭吵，比起那些「高大上」（誇飾了）的想法，這些爭吵是真正貼近日常的，關於人與人在關係之間的相處、磨合、退讓，那些平時「不被搬上檯面卻就是存在的想法」，是我認為最精華的地方。

林于玄：

你提到「愛」我才恍悟，「愛」是我沒有想到的關鍵詞——撇除「愛鸚斯坦」，光是〈鸚鵡，鸚鵡〉就出現了二十六次「愛」，我果然是個喜歡談情說愛的人（笑）。

老實說，以憂這個角色是全書最難寫，卻必須書寫的部分——如何書寫（記憶）一段珍貴卻失敗收尾的戀情呢？當敘事者「我」想著「我再也不要記憶了」。記憶如此艱難，放在這裡，《會飲篇》的書寫反而是「簡單」的，是「繞道而行」的。那麼，有沒有不必繞道而行就能抵達記憶核心——例如與以憂的公投爭吵——的道路呢？或許有，然而那條道路並非「我」能走上的道路，否則那就不是「我」了，不是嗎？（我想聲明，這五篇小說的敘述者「我」和作者我是有異的，儘管它們看起來非常接近——這也是〈一與零之間〉必須出現，作為這本書的寫作與閱讀才算完整的重要線索。）

洪萬達：

我總覺得如實紀錄是困難的。願意呈現更是困難的。看到別人的真心話是最困難的。所以我喜歡〈發聲練習Ⅰ〉，儘管我決定喜歡的當下認真看的字數可能不超過一千字。但是當我確定從頭到尾的形式相同並且如實紀錄，這篇作品在我心中的分數就很高。這些東西是「真實」。

看了〈發聲練習Ⅱ〉，更確定了這種想法。我不知道別人怎麼想，但我面對「社會運動」四個字的時候，會覺得這是一個很龐大的事情，事實上它當然也是。但是妳知道嗎，人類在面臨「大量的死亡」時，會有一種麻痺感。但是僅有一具屍體擺在妳面前的時候，妳會覺得非常非常的不舒服。所以發聲練習的好在於，他從一個龐大的集體裡面，抽出一個人，這一個人的思緒是混亂的——其實所有人都是混亂的，但如同我說的，所有都混亂，就沒有意義了——最後一段「我」給我的感覺有那麼一點像畢贛的《路邊野餐》，記憶並不可靠，其實他（「我」）說的話也不一定可靠，我特別喜歡「我會在現場坐一下，反省一下最近做了什麼事情，這一年兩年經歷了什麼事情，告訴他也告訴自己，我沒有做出讓自己後悔的決定，我在做有意義的事情。」我都會想，真的嗎？這個真的嗎並不是一種鄙視或不屑，只是對於一個剩下來的人，那種「生命其實不允許你」的無力的提問。

林于玄：

你提到「生命其實不允許你」讓我想起，有一段時間我對於紀念鄭南榕一事以及那句「剩下就是你們的事了」感到格外厭煩，我抗拒那種「不得不」式的義務感，但我不敢說出口。

在關於林冠華的報導中，其中幾句我記的特別清楚：「出事前一天，冠華媽媽從兒子的房間找到一本鄭南榕的小冊子。媽媽直覺地批評鄭自焚的行為不值得，只是留給家人傷害，沒想到林冠華一聽卻反而罵她不了解鄭南榕。」「林冠華國中開始就有情緒障礙，曾就醫，也曾經兩度嘗試輕生。」「林冠華（生前）在臉書上寫下：『祝我生日快樂。851216（英文字母順位密碼「HELP」），我只有一個願望：部長，把課綱退回吧。』但訊息很快就被刪掉。」

林冠華沒有留下任何遺書，然而，我擔憂——即便林冠華留下遺書，會有人相信他的話嗎？會有人相信一個「曾經兩度嘗試輕生」的人嗎？會有人相信一個人「心甘情願地」為了社會運動而死，而非出自於某種「不得不」嗎？

我沒有答案，但至少在寫完〈剎那與永恆〉後我可以非常堅定地說：死亡不應該「只是」一根鑲著石製長方形紀念碑的鐵旗竿、兩根頂著綠色石球的鐵柱，以及，三根頂著綠色石頭的紅色粗鐵絲。而日常幸福也不應該「只是」日常幸福。

洪萬達：

我剛剛突然滑起了自己的《一袋米要扛幾樓》首發貼文，五百二十一個人按讚，七十九次分享，很多我生活裡已經沒有聯絡的朋友，他們都幫我分享了貼文。他們說，萬達很棒，加油，繼續創作，預祝大賣。

我這陣子過得很好又過得好糟。我在平淡又幾乎是美滿的生活中，卻比起在臺北困苦的生活中更在意起金錢。因為我即將美滿的生活，需要車子，需要房子，需要組成一個家那些「必要」的元素。

可是寫作又不能賺錢。賣書可以。不如把我的書通通賣光。相信物質的快樂也能帶來心靈的快樂。但是當我拿起書的時候又把這些想法通通推翻。

有點拉裡拉雜的說了些呆話，其實這好像比較符合書信的用意，不過果然又開始想：誰要看這些東西啊？但我覺得事實是這樣：沒有什麼寫詩的我或寫小說的我，或生活的我或理想的我，沒有，那都是我。我並不會因為寫詩就不會寫小說，或寫小說就不會寫詩。有可能關心的事情、說話的方式會不一樣。

寫詩的妳跟寫小說的妳是不能同日而語的妳明白嗎，因為那時候的妳才十七、十八，過了這麼多年，妳成長了。寫詩的天才少女也跟凡人一樣處理不好情關，一樣要為生活奔走，煮飯洗衣，突然妳就二十三歲了，妳不是不會寫詩了，妳只是目前不需要透過寫詩來幫助自己，妳現在喜歡小說，妳喜歡用更多更細緻到位的描述，去確保對方／聆聽者真的理解妳在說什麼。

反過來想我覺得我有時候的寫作都是獵奇的。我不知道妳有沒有過這樣的時刻：這些受訪者經驗要怎麼為我所用，「他們對我有幫助嗎」，這樣的想法在外人眼中是很不堪的嗎？可是世界不就是互惠構築而成的嗎。

林于玄：

回到二〇二〇年十月——那時《傷兵》連一點雛形都沒有——我（作為一個人，而非作者）會開始訪談有社會運動創傷經驗的參與者，是因為「我拿我自己的創傷沒有辦法了」，所以我決定去聽別人的創傷經驗，我想知道他們是怎麼經歷創傷。我想為我的創傷發聲，但當時我不認為／相信自己有辦法把它寫好，所以我決定去寫別人的創傷。而我也確實從這些訪談中，獲得了珍貴的理解和勇氣。沒有最初的那些訪談，沒有種種人際關係的支持，《傷兵》很有可能根本不會出現。

講到這裡讓我想到夏宇的那首〈逆風混聲合唱給ㄈ〉，她寫「在憂傷和虛無之間／我選擇百里香和薰衣草」，百里香和薰衣草壓根是幌子[1]，四十三行後她才寫出「許久　我聽見有人清晰的說／我愛你」。幾萬字後，我終於在〈一與零之間〉寫出「我渴望理解a，正如渴望理解我自己。一個人為什麼必須以這樣的方式理解自己？如果不是，理解自己太過艱難。」寫出「我願意擁有生命。」

1 引自黃文鉅：《記憶的技藝：以夏宇、零雨、鴻鴻為考察》，臺北：國立政治大學中國文學系碩士論文，2009年7月。

洪萬達：

讀完了最後，很是感慨。我突然想到那種非常濫俗的好萊塢電影，或是土炮的偶像劇閨密會對女主角說：「終於輪到妳幸福了吧。」我想我們那麼討厭這種老掉牙又近乎愚笨的結局，其實是因為這就是我們先前那麼難以置信的平凡人的一生。幸福在我們先前無法想像的地方遍地開花，我們想像不到，以為不會發生。一直到現在——

歡迎妳重返人間。

【參考資料】

一、專著

Albert Camus，《反抗者》，嚴慧瑩譯，臺北市：大塊文化，2017。

Bessel van der Kolk，《心靈的傷，身體會記住》，劉思潔譯，臺北市：大家出版，2017。

Frantz Fanon，《黑皮膚，白面具》，陳瑞樺譯，臺北市：心靈工坊，2007。

Judith Herman，《從創傷到復原：性侵與家暴倖存者的絕望與重生》，施宏達、陳文琪、向淑容譯，臺北市：左岸文化，2018。

Yuval Noah Harari，《人類大歷史》，林俊宏譯，臺北市：天下文化，2022。

Yuval Noah Harari，《人類大命運》，林俊宏譯，臺北市：天下文化，2022。

陳潔皓，《不再沉默》，臺北市：寶瓶文化，2016。

二、論文

王瀚陞，〈暴力再探：從班雅明的神聖暴力概念談起〉，《外國語文研究》200606 (4期)，頁53-69。

雷函霏，〈女性主義者的自我認同與親密關係協商策略〉，國立政治大學傳播碩士論文，2023。

三、網路資料

超級歪，〈黑豹的哲學〉，https://www.youtube.com/watch?v=treTHcjNc4g

陳潔皓　徐思寧〈陳潔皓　徐思寧《遠方有哀傷，此地有我》—任何一個受傷的人，都有機會重新開始〉，https://www.youtube.com/watch?v=7Chvc_mKyVQ

傷兵不在街頭

作　　者——林于玄、陳湘妤

副 社 長——陳瀅如
總 編 輯——戴偉傑
主　　編——何冠龍
行銷企畫——陳雅雯、趙鴻祐
封面設計——吳冠賢
內頁排版——立全電腦印前排版有限公司

出　　版——木馬文化事業股份有限公司
發　　行——遠足文化事業股份有限公司(讀書共和國出版集團)
地　　址——231新北市新店區民權路108-4號8樓
郵撥帳號——19588272木馬文化事業股份有限公司
客服專線——0800-221-029
客服信箱——service@bookrep.com.tw
法律顧問——華洋法律事務所蘇文生律師
印　　製——呈靖彩藝有限公司
I S B N——978-626-314-620-4（平裝）
初版一刷——2024年04月
定　　價——380元

國家圖書館出版品預行編目(CIP)資料

傷兵不在街頭 / 林于玄, 陳湘妤著. -- 初版.
-- 新北市 : 木馬文化事業股分有限公司出版
: 遠足文化事業股分有限公司發行, 2024.04
304面 ;14.8*21公分
ISBN 978-626-314-620-4(平裝)

863.57　　113002353

本創作計畫獲111年文化部青年創作獎勵